막막한 바다를 바라보는 누군가에게,

그 바다를 건너는 누군가에게

한 줄쯤은 도움이 되길 바라며 글을 시작한다.

귀찮지만 행복해 볼까

— 작가의 의도를 잘 전달하기 위해 본문 속 일부 표현은 한글맞춤법을 따르지 않고 입말을 그대로 살렸습니다.

번역가 권남희 에세이집

귀찮지만 행복해 볼까

권남희 지음

상상출판

/ 프롤로그 /

사실은 사실이다

어느 날, 한 출판평론가가 말했다. 누가 번역을 직업으로 삼고 싶어 하기에 『번역에 살고 죽고』*를 추천하고 싶었지만, 그러지 못했다고. "왜요?" 하고 물었더니, 그 책은 번역을 하지 말라고 권하고 있어서란다.

끄응. 사실은 사실이다.

그런데 아이러니하게 그 책을 읽고 나서 번역하고 싶어졌다는 사람도 많았다. 그들에게 똑같이 "왜요?" 하고 물었더

* 권남희, 『번역에 살고 죽고』, 마음산책, 2011

니, 이구동성으로 이렇게 말했다.

"돈도 못 버는 일이니 번역하지 말라고 하면서 정작 본인은 너무 행복하게 하는 걸 보니 번역 일을 하고 싶어졌어요."

그것도 사실은 사실이다.

어떤 후배 번역가가 번역을 시작한 계기에 관해 쓴 글을 읽었다. 마산이 고향인 그녀는 여러 도시를 전전하며 살아서 가장 행복한 시기를 보낸 대구를 고향이라 말하고 다녔다고 한다. 하루는 지인이 "너와 같은 고향 분이 쓴 책"이라며 『번역에 살고 죽고』를 권하더라고. 번역은 자신과 접점이 없는 세계라고 생각했던 그녀는 내키지 않는 마음으로 그 책을 손에 들었다가 번역하며 즐겁게 사는 내 모습에 반한(?) 모양이다. 그 길로 바로 번역 아카데미에 등록하여 공부를 시작해서 지금은 꽤 여러 권의 책을 옮긴 번역가의 길을 걷고 있다고 한다. '작은 거짓말 하나로 만난 책, 스물아홉까지도 진로를 정하지 못한 나를 바꿔 놓은 책은 『번역에 살고 죽고』였다'라는 한 문장에 오래도록 시선이 머물렀다.

누군가가 내 글을 읽고 진로를 정했다니, 그리고 어엿하게 자리를 잡았다니 감동이었다.

어린 시절의 나는 세상에서 없어져도 아무도 못 알아차릴 만큼 존재감 없는 아이였다. 집안도 외모도 성격도 존재감 무. 거기 있지만 없는 것과 다름없는 아이. 그 외 다수에 속하는 어린이 1인, 청소년 1인. 그런 내가 어른이 되어서 300권 가까운 책을 번역하였고, 이런 나를 보며 꿈을 꾸는 사람들이 있다니 인간 승리다. 유일하게 좋아하는 일, 유일하게 할 줄 아는 일이 직업이라는 이 은혜로운 상황을 맞게 된 건 글쓰기와 독서를 하며 존재감 없는 시절을 꿋꿋하게 살아낸 과거의 나 덕분이리라.

딱히 롤모델로 삼을 선배가 없던 시절에 나는 여기저기 부딪히고 맨땅에 헤딩하며 여기까지 왔지만, 내 등을 보고 번역 시작한 후배들이 언제든 내 등을 밟고 올라가도록 탄탄한 선배가 되어야지, 새삼 다짐한다.

내가 번역한 책들의 역자 후기 끝줄에서 한 살씩 먹어 가던 딸 정하는 어느새 대학을 졸업하고 스펙 좋은 취준생이 되었다. 학교를 나선 아이들 앞에는 정약전이 유배 간 흑산도 바다처럼 막막한 미래만 펼쳐져 있다. '원하는 것은 무엇이든 얻을 수 있고 뜻하는 것은 무엇이든 될 수가 있는 아아, 대한민국'은 언제 될지 기약도 없다. 아이들에게 힘내라는 힘나지 않는 위로도, 잘 될 거라는 무책임한 격려도 할 수 없다. 무심하면 서운해할까 봐 관심 가지면 부담스러워할까 봐 조언하면 짜증 날까 봐 잔소리하면 상처 받을까 봐 조심스러울 따름이다.

그러나 힘내지 않아도 치열하지 않아도 꾸역꾸역 삶을 버티다 보면 뭐라도 얻게 되는 것 같다. 막막한 흑산도 바다를 바라보며 살던 정약전은 『자산어보』를 얻지 않았는가. 그런 위인까지 거슬러 올라가지 않더라도 이런 나 같은 사람도 있고 말이다.

막막한 바다를 바라보는 누군가에게, 그 바다를 건너는 누군가에게 한 줄쯤은 도움이 되길 바라며 글을 시작한다.

/ 목 차 /

2장 잡담입니다

3장 남희 씨는 행복해요?

4장 자식의 마음은 번역이 안 돼요

5장 신문에 내가 나왔어

6장 가끔은 세상을 즐깁니다

1장

하루키의
고민 상담소

하루키의 고민 상담소

딸 정하가 대학 합격자 발표를 앞두고 있을 무렵, 뜬금없이 이런 얘기를 나누었다.

"누가 대학 등록금이 없다고 한 오백만 원만 빌려 달라고 하면, 우리 대출해서라도 빌려줘야 할까?"

이것은 '로또 1등 되면 우리 뭐할까?' 하고 평소에 나누던 대화와 마찬가지였다. 일어날 리 없는 일이지만, 만약 그렇다면 우리는 어떻게 할까. 가상인데도 진지하기 그지없는 모녀는 절대 생기지 않을(로또를 사지 않으므로) 로또 상금의 사용처로 싸우기도 한다.

이 문제도 일어날 리 없는데 우리는 이내 심각해졌다.

"아아, 그러게. 돈은 절대 빌려주면 안 되는데, 대학 가려고 얼마나 고생했는지 알아서. 붙었는데 돈이 없어서 못 가는 건 너무 불쌍해……."

물러터지고 여려터지고 셈에 약한 나와 달리 이성적이고 냉철하고 경제관념 투철한 정하도 그렇게 말했다. 그리하여 "한 사람의 인생이 걸린 문제이니 대출을 해서라도 빌려줘야 하지 않을까" 하고 아름다운 결론을 내렸다. 어차피 우리한테 오백만 원이나 빌려 달라고 할 사람은 없을 테니까.

……라고 생각한 지 사흘 뒤, 한 친구한테 카톡이 왔다. 이런저런 안부 끝에 친구가 말했다.

"오백만 원만 빌려주지 않을래?"

오 마이 갓!

며칠 전 우리 모녀 얘기를 들었나. 어디에 필요한지는 묻지 않았다. 친구의 아이도 수능 친 것을 알고 있었고, 친구가 형편이 좋지 않은 것도 알고 있었다. 그 용도란 게 뻔하다고 생각했다. 나는 친구가 말을 꺼낸 지 십 분 만에 스마트폰으로 보험약관대출을 받아서 오백만 원을 이체해 주었다. 이런 경우 빌려주어야 한다는 것은 이미 며칠 전에 결론을 내렸다. 그러나 대출임을 주지하고 이자는 매달 보내되, 원금은 언제든 돈이 생기면 갚으라고 했다.

아아, 대출해서 빌려주는 주제에 별 우아를 다 떨었다.

순식간에 큰돈이 오가는 훈훈하고 멍청한 카톡을 끝낸 뒤에야 정신이 들었다.

내가 무슨 짓을 한 거지. 당장 우리 애도 대학을 가는데 대출까지 해서 빌려주다니. 친구 사이에 돈거래하면 돈 잃고 친구 잃는다는데. 이게 다 번역을 저렇게 많이 하니 돈도 많이 번다고 생각하는 사람들 때문이야. 하다하다 미지의 남 탓까지 하고. 시간이 갈수록 빌려준 돈 생각에 점점 마음이 무거워졌다. 오백만 원을 오백 원짜리 동전으로 바꾸어 마음속에 넣고 다니는 것 같았다. 언제 받을지도 모르는 돈이니 잊어버리고 마음이라도 편히 가지려고 애썼지만, 그게 그렇게 되지 않았다. 친구와 채무 관계가 된 사실도 너무 불편했다.

때마침 '무라카미 하루키의 고민 상담소'가 열렸다. 아무 질문이나 고민을 올리면 무라카미 하루키가 선별하여 답을 해 준다. 이를테면 '무라카미 하루키에게 무엇이든지 물어보세요' 같은 사이트였고, 당연히 출간을 목적으로 만든 것이다.

내 질문이 걸린다는 보장도 없고, 답을 듣겠다는 생각도 없었다. 그냥 머릿속이 온통 그 문제로 고민이라 어느 날 새벽에 일을 하다 말고 한번 써 보았다. 일본 사람인 것처럼 썼지만, 지금 생각하니 메일 주소가 한국 계정이네.

친구한테 오십만 엔을 빌려주었어요. 저도 대출한 돈입니다.
그러나 받을 가능성은 없습니다. 갚으라는 말도 할 수 없습니다.
빌려줄 때 돈이 생기면 달라고 했거든요.
어떤 식으로 생각하면 내 마음이 편해질까요?

그렇다. 어떻게 하면 받을 수 있을까가 아니라 어떻게 하면 빌려준 내 마음이 편해질 수 있을까가 고민이었다. 하루키의 고민 상담소에는 약 보름 동안 약 37,465개의 질문이 올라왔고, 무라카미 하루키는 3,716개의 답변을 달았다. 확률은 10퍼센트. '또뽑기' 하면 꽝만 나오는 내 마이너스의 손, 걸릴 거라고 생각도 하지 않았다. 그런데 어느 날 무라카미 하루키의 이름으로 메일이 왔다!

친구한테 돈을 빌려주고 좋은 결과로 끝나는 일은 별로 없는 것 같습니다.
처음부터 그냥 준다는 생각으로 빌려줄 수밖에 없죠.
나는 예전에는 친한 사람이 돈 빌려 달라고 하면, 그중 몇 분의 일을 주면서 '전액은 무리고, 이 정도는 줄 테니 받아 줘. 갚지 않아도 돼'라고 했습니다.
나는 가게를 열면서 친구한테 꽤 많은 돈을 빌린 적이 있었는데, 이자까지 쳐서 전부 다 갚았습니다. 뭐, 당연한 일입니다만.
빌려준 돈, 꼭 돌아왔으면 좋겠군요.

무라카미 하루키 배상

오오, 이렇게 걸릴 줄 알았으면 '나는 당신의 책을 번역한 한국의 번역가인데' 하고 좀 쓸 만한 질문을 할 걸 그랬다. 언제 무라카미 하루키와 다이렉트로 소통할 기회가 있겠는가. 단 한 번의 기회를 어이없이 날렸다.

각설하고 무라카미 하루키의 말대로, 그리고 세상 사람들이 생각하는 대로 친구한테 돈을 빌려주어서 좋은 결과로 끝나지는 않았다. 친구의 짐을 나눠 들 수야 있지만, 짐을 떠맡긴 채 연락 없는 친구를 계속 친구라고 생각할 만한 아량까지는 없었다. 그러나 이런 에피소드를 만들었으니 이자는 톡톡히 받았다고 생각한다.

사족: '무라카미 하루키의 고민 상담소'는 473개의 질문과 답변을 모아서 『무라카미 씨네(원제:村上さんのところ)』라는 제목으로 출간됐다. 물론 종이책에는 내 질문처럼 평범한 질문은 실리지 않았지만, 전자책에는 3,716개의 질문이 모두 실렸다고 한다.

무라카미 하루키와 노벨문학상

작년에도 올해도 어김없이 노벨문학상 강력 후보로 무라카미 하루키가 올랐다. 2019년 기준으로 벌써 14년째다. 노벨문학상 발표 직후 모든 일본 신문들의 헤드라인이 14년째 똑같다.

'유감, 무라카미 씨 올해도 노벨상 놓치다!'

노벨상에 관심 없다고 누차 말하는 무라카미 하루키 입장에서 본다면 민폐가 이만저만이 아닐 것 같다. 그러나 속담에도 있지 않은가, 방귀가 잦으면 똥을 싼다고. 언젠가 받겠지.

무라카미 하루키 작품을 여러 권 번역해서인지 노벨문학

상 발표 무렵이 되면 내게도 연락이 온다. 그가 상을 받아도 당사자 인터뷰는 할 수 없으니 꿩 대신 닭, 번역가라도 한마디 하라고 하고 싶은 것이다. 2016년에는 특히 심했다. 많은 사람들이 무라카미 하루키의 노벨상은 따 논 당상이라고 믿었던 해다. 라디오 출연 요청도 들어오고 신문사 인터뷰 요청도 들어왔다. 뒤에도 구구절절 얘기가 나오지만, 이런 것은 나한테 취약이다. 휴대전화 너머의 사람에게 잘못한 것도 없이 쩔쩔매며 거절하느라 고생했다.

무라카미 하루키로 확정되기도 전에 이러는데 진짜로 그가 받으면 얼마나 연락이 올까. 나는 어떻게 다 거절하지. 휴대전화를 꺼 놓을까. 아니면 자동응답으로 바꿔 놓을까. "죄송합니다. 저는 무라카미 하루키에 대해 개뿔도 아는 게 없습니다"라고.

그러나 그해 모두의 예상을 뒤집고 밥 딜런이 노벨문학상을 받았다.

무라카미 하루키가 받지 않아서 너무 기뻤다. 물론 그에게 억하심정이 있는 건 아니다. 인터뷰 요청을 받는 게 싫고, 일본에 노벨문학상 안겨 주는 게 싫을 뿐이다.

막 기뻐하던 와중에 밥 딜런 노벨상 수상 기사에 달린 댓글을 보고 폭소를 터뜨렸다.

'밥, 노벨상 축하해.

-너의 절친 찌개가'

하루키가 마음을 허락한 사람

안자이 미즈마루는 무라카미 하루키 책의 삽화로 유명한 일러스트레이터다. 두 사람은 재즈카페를 하던 무라카미 하루키가 소설을 쓰기 시작했을 무렵에 만나서, 30여 년을 공동작업자이자 절친으로 지내왔다.

몇 해 전, 안자이 미즈마루가 갑자기 세상을 떠났을 때 무라카미 하루키는 추도문에서 그를 이렇게 표현했다. '내가 마음을 허락한 몇 안 되는 사람'. 낯가림 심한 무라카미 하루키가 그토록 오랜 세월 절친으로 지낼 정도면 얼마나 잘 맞는 사람일까 싶지만, 이 두 사람은 책과 음악과 영화를 좋아한다는 공통점 이외에는 모든 면이 정반대였다.

이를테면 하루키는 다림질하는 게 취미일 정도로 다림질을 좋아하고, 모든 옷을 각 잡아서 다려 입는다. 반면 미즈마루는 꾸깃꾸깃한 헌 옷을 좋아해서 트렌치코트를 사면 입은 채로 샤워를 하는 등 모든 새 옷을 헌 옷으로 만들어 입는다. 다림질이란 건 그의 사전에 없다.

편식이 심한 두 사람, 무라카미 하루키는 채소를 무척 좋아하지만, 안자이 미즈마루는 채소라면 아주 질색했다. "그런 풀떼기를 먹다니" 하면서.

하루키는 아시다시피 반듯한 생활인으로 밤 9시면 잠자리에 드는 새나라의 어른이다. 그러나 미즈마루는 해만 지면 무조건 밤의 세계로 나가서 코가 비뚤어지도록 퍼마시는 스타일이다. 긴자 길바닥에서 엎어져 자는 일도 허다했다고 한다(이분, 술에 얽힌 무용담이 무궁무진하다).

무라카미 하루키는 한 달짜리 연재가 있으면 일주일 동안 다 해치우고 나머지 3주는 백수처럼 노는데, 안자이 미즈마루는 워크홀릭에 가까워서 연중 노는 날이 딱 설 연휴 3일

뿐이라고 한다.

두 사람의 나이 차이는 일곱 살(안자이 미즈마루가 많다). 그런데도 각자의 색깔이 뚜렷한 두 사람은 긴 세월 그렇게 친하게 지냈다.

얼마나 친한가 하면 무라카미 하루키 소설 곳곳에 안자이 미즈마루의 본명인 와타나베 노보루가 등장한다. 단편 「코끼리의 소멸」*에서 코끼리 사육사, 「패밀리 어페어」**에서 여동생의 남자친구가 와타나베 노보루다. 『상실의 시대』*** 주인공 '와타나베 도오루'도 그 이름을 약간 변형한 것이다. 와타나베 노보루가 나오는 소설에 와타나베 노보루가 삽화를 그렸다.

그런 절친 안자이 미즈마루가 작업 도중에 쓰러져서 이틀 만에 뇌출혈로 세상을 떠났다. 갑작스러운 타계 소식을 들

* 무라카미 하루키, 권남희 옮김, 「코끼리의 소멸」, 『빵가게 재습격』, 문학동네, 2014

** 무라카미 하루키, 권남희 옮김, 「패밀리 어페어」, 『빵가게 재습격』, 문학동네, 2014

*** 무라카미 하루키, 유유정 옮김, 『상실의 시대』, 문학사상사, 2000

었을 때 놀라기도 했지만, '하루키 씨 어떡하지?' 하는 걱정이 먼저 됐다.

그가 세상을 떠난 뒤에 출간된 무라카미 하루키의 신간(그러고 보니 그 책이 앞에서 언급한 『무라카미 씨네』다)에서 낯선 일러스트를 보니 비로소 안자이 미즈마루가 세상에 없다는 것이 실감났다. 쿨한 무라카미 하루키의 글에 무심한 안자이 미즈마루의 일러스트는 찰떡이었는데.

무라카미 하루키식 긍정적으로 생각하기

지하철역에서 “아가씨” 하고 부르는 소리에 무심코 돌아보았다. 아가씨라는데 돌아볼 나이는 아니지만, 그냥 소리가 나니 돌아봤을 뿐이다. 나를 부른(게 맞았다) 아주머니와 눈이 마주쳤다. 똥 씹은 얼굴로 내 얼굴을 본다. 나보다 몇 살 더 많아 보이지도 않는 아주머니는 민망하도록 나를 빤히 들여다보더니 이윽고 입을 열었다.

“상왕십리 가는 지하철 어디서 타요↘.”

와아, 길 물으면서 짜증 내는 사람 처음 봤네. 내가 아가씨가 아닌 게 그렇게 짜증 낼 일인가. 누가 길 물으면 아는 길 내에서 최선을 다해 가르쳐 주는 나지만, 이런 사람에게는 예민하다. 몰라요, 하고 지나갈까 하다가 마음을 고쳐먹었다. 무라카미 하루키의 에세이를 한참 번역할 때여서 그의 긍정적인 사고에 영향을 받아 세상없이 긍정적일 때였다. 어디에서 읽었는지 기억이 모호하지만, 특히 하루키의 이 말은 긍정력 만랩이었다.

신문 문화면에 내 소설이나 인격을 까는 글이 실리면 기분이 좋지 않지만, 그래도 사회면에 성폭행범이나 뭐 그런 범죄자로 실리는 것보다 훨씬 낫잖아요?

그래, 얼굴 보고 경기하면 어때, 뒷모습이라도 아가씨로 봐주니 고맙잖아, 하고 생각하니 얼굴에 곱실곱실 미소가 돌고 목소리도 가늘어진다. 그러나 기껏 친절하게 가르쳐 주었더니만, 한 번 더 쳐다보고는 쌩 가버린다. 왐마, 하루키 님도 재수 옴 붙은 느낌이 드는 이 상황에서는 긍정적일 수 없을 거다. 그렇게 개념 없는 사람한테 긍정력을 발동해서 뭐하나. 타는 전철마다 연착되라고 빌었다.

일본 편집자가 주고 간 책

어느 해 겨울, 이와나미쇼텐(일본 출판사, 岩波書店)의 편집자 나라바야시 씨에게 메일이 왔다. 『번역에 살고 죽고』를 정말 재미있게 읽었다며 한국 가는 길에 한번 만나고 싶다고 했다. 그녀는 내가 번역했던 책을 만든 편집자이기도 하다. 나의 지역구인 건대입구에서 만난 우리는 시간 가는 줄 모르고 먹고 마시며 수다를 떨었다. 한글로 된 내 책을 읽었을 정도이니 한국어 실력은 뛰어났다. 도쿄에서 한국 출판사 분들이 참석하는 행사가 열릴 때면 통역도 도맡아 한다고 한다.

헤어지는 길에 그녀는 책을 한 권 선물로 주었다. 미우라 시온의 『배를 엮다』*라는 소설이었다. 미우라 시온이 이 소설을 집필하며 취재를 위해 한동안 이와나미쇼텐에 다녔다고 한다. 사전 편집부 사람들이 대사전을 만드는 이야기인데, 이와나미쇼텐에는 일본어 사전 중에서도 신뢰도가 높은 고지엔(広辞苑) 편집부가 있다. 나라바야시 씨는 내가 미우라 시온을 좋아한다는 걸 책에서 읽고 그녀의 최신작을 들고 온 것이다. 기쁜 선물이었다.

신간을 보면 즐겁게 읽을 생각보다 "판권은?"이란 생각을 먼저 하는 것은 직업병일까. 미우라 시온의 작품이니 이미 판권이 나갔겠지 하면서 알아보니 아직 남아 있었다. 순간 '미우라 시온 신작인데 어째서?' 하는 의문이 들었지만, 책을 읽다 보니 '아하, 그래서' 하고 끄덕거리게 됐다.

앞에서 말했듯이 사전 편집부 사람들이 무려 15년간 국어대사전을 만드는 이야기다. 한국어와 미묘하게 다른 일

* 미우라 시온, 권남희 옮김, 『배를 엮다』, 은행나무, 2013

본어의 뉘앙스를 일일이 번역해야 한다. 무리다. 게다가 일본 국어사전 만드는 이야기를 우리나라 독자들이 재미있어 할까?

친한 편집자에게 이 책 얘기를 꺼냈더니 이렇게 말했다.

"작년에 읽었던 책 중에 이 책이 최고였어요. 그렇지만 어떻게 번역하고 편집해야 할지 엄두가 안 나서 차마 오퍼를 못 냈어요."

그랬다. 베테랑 편집자조차 포기한 책이었다.

'만약 이 책 번역을 의뢰받으면 어떡하지?' 하고 의뢰가 들어오지도 않은 책으로 쓸데없는 고민을 하던 나도 일찌감치 미련을 버렸다. 한 달, 두 달이 지나도 번역 의뢰는커녕 어딘가에서 계약했다는 소식도 들려오지 않았다.

아, 역시 출판사들이 다 포기했구나. 그렇게 생각하고 있을 때, 이 책이 '서점대상'을 받았다. 최근에는 나오키상 작품보다 서점대상 작품이 더 인기인 추세이고, 총 열 편의 후보작이 모두 번역되어 나올 정도이니 대상작도 당연히 어디선가 나올 터. 과연 어느 출판사에서 어떤 번역으로 나올까. 잇몸이 간질거릴 정도로 궁금해하고 있을 때, 세상에!

나한테 번역 의뢰가 들어왔다. 책을 선물 받은 지 10개월이 지났을 때였다. '만약 내게 들어온다면?'이란 생각을 수없이 했으나 결론을 내리지 못했다. 의뢰는 기뻤지만, 잘해야 본전인 책을 선뜻 맡기가 부담스러웠다. 한 번 더 읽어 보고 연락하겠다고 대답을 보류했다.

읽어 보신 분들도 계시겠지만, 결국은 내가 번역을 맡았다. 번역을 잘할 자신이 있어서는 아니고, 이 책이 이렇게 드라마틱하게 내게 온 건 운명이라고 생각했다. 이 책을 가장 잘 알고 가장 관심을 갖고 있는 역자는 나라고 생각했다. 작업은 의외로 즐거웠다. 역시 미우라 시온의 문장은 내 취향을 저격했다. 가볍지 않고 무겁지 않고 재치가 넘친다. 사전에 실릴 단어들을 옮길 때는 막막한 언어의 바다에 표류하는 기분이기도 했지만, 그만큼 적절한 단어를 찾았을 때의 쾌감이 컸다.

그런 사연을 안고 출간된 『배를 엮다』는 출간되자마자 대형 서점의 베스트셀러 코너에 찬란하게 이름을 올렸고, 몇 년이 지난 지금까지 좋은 소설로 꾸준히 회자되고 있다.

이동진의 빨간책방

지금은 종영한 팟캐스트 〈이동진의 빨간책방〉에서 내가 번역한 소설 『종이달』*을 녹음하던 날, 편집자의 초대로 난생처음 팟캐스트 구경을 갔다. 말 그대로 순수하게 부스 앞에서 구경하는 것이었다. 영화평론가 이동진 님과 작가 김중혁 님이 진행을 했다. '두 분 다 참 잘하시네' 감탄하며 듣고 있다가, 편집자의 안내로 쉬는 시간에 인사를 하러 갔다. 김중혁 님의 에세이를 좋아하는 나는 "선생님 책 리뷰 쓴 적

* 가쿠다 미쓰요, 권남희 옮김, 『종이달』, 예담, 2014

있어요!" 하고 그 자리에서 휴대전화로 리뷰 쓴 걸 보여 주었다. 주책이었다. 굳이 만나자마자 보여 주어야 했냐. 그리고 뒤풀이 자리에서 이런 대화도 했다.

"어떤 배우 닮으셨는데."

"외국 사람이죠?"

"맞아요, 줄리 델피."

"닮았다는 얘기 가끔 들어요."

아, 아줌마 진짜 뻔뻔하다. 줄리 델피 님 미안하고요.

"어떤 작가의 책을 번역하셨어요?"

이동진 님이 질문을 했다. 오, 신기해. 언론 매체에서만 보던 사람이 내게 말을 하고 있다. 중견 번역가답게 우아하게 대답해야지 했지만, 마음과 달리 "어……어……" 하고 버벅버벅 우물우물. 노벨문학상을 받은 소설가 오에 겐자부로는 소학교 3학년 때, 선생님이 "천황 폐하가 너한테 할복하라고 하면 어쩔 거냐?"라고 묻는 말에 바로 대답하지 못하고 "어……어……" 하다가 죽도록 맞았다고 했다. 그때 그가 대답하지 못한 이유는 할복을 할지 말지 고민한 게 아니라, '천황 폐하가 나를 어떻게 알고 할복하라고 하지?' 생각하느라였다. 마찬가지였다. 이동진 님의 질문에 바로 대답하지 못한 이유는 '내가 번역한 일본 작가 이름을 말하면 알까?' 싶어서였다. 절대로 독서가인 그분을 무시해서가 아니라, 일본 소설은 잘 읽지 않는다는 걸 알고 있어서다. 보라, 나를 모르지 않는가. 일본 문학을 많이 번역하는 사람이란 걸 지인이 가르쳐 주었다고 한다.

"어……어……" 하며 생각하는 동안, 머릿속에는 그동안 번역한 수많은 작가 이름이 빙글빙글 떠돌았다. 이 작가는 아실까, 저 작가는 아실까, 생각하다 결국 모를 수가 없는 작가 이름 하나를 겨우 말했다.

"무라카미 하루키도 좀 했고요……."

집에 와서 생각했다. 이런 질문에 대비해서 많이 번역한 작가 목록을 만들어야겠다고. 그런데 '많이'라고 하면 몇 권 이상 해야 '많이'인 거지? 고민하다가 몇 년이 지난 지금까지도 그 목록은 만들지 못했다. 현재까지 가장 많이 번역한 작가는 무라카미 하루키, 마스다 미리, 오가와 이토입니다.

아메리카노와 생과일주스

마스다 미리의 『영원한 외출』*은 아버지가 암으로 세상을 떠난 후 처음 발표한 에세이집이다. 그녀의 작품에 자주 등장해서 친구 아버지처럼 친근한데, 돌아가신 얘기를 번역하자니 콧등이 시큰거렸다. 잠깐 방심하면 눈물까지 주룩 흘렀다. 이런 슬픈 분위기였는데, 번역을 하다 말고 엉뚱한 부분에서 "엥?" 하고 손을 멈추었다.

* 마스다 미리, 권남희 옮김, 『영원한 외출』, 이봄, 2018

마스다 미리가 암으로 입원한 아버지에게 문병을 가서(마스다 미리는 도쿄에, 부모님은 오사카에 거주한다), 먹고 싶은 게 있는지 물어본다. 아버지는 과자가 먹고 싶다고 했다. 마스다 미리는 얼른 매점으로 갔다. 그리고 아버지가 평소 좋아하는 과자 두 종류를 발견했다. 그녀는 아버지가 무엇을 더 좋아할까 한참 고민한다. 바로 이 대목이다! 도무지 그 고민을 이해할 수 없었다.

"두 개 다 사면 되잖아!"

보통 환자가(그것도 언제 돌아가실지 모를 아버지가) 과자를 먹고 싶다고 하면 이것도 사고 저것도 사고 매점을 털 기세로 사지 않나. 몸에 좋고 안 좋고, 먹을 수 있고 없고를 떠나서 다 사 주고 싶은 게 자식의 마음. 그녀가 고민하던 과자는 170엔짜리와 178엔짜리였다. 우리나라 과자로 치자면 에이스와 하비스트를 놓고 고민하는 정도. 당연히 돈이 아까워서 한 개만 산 건 아닐 터. 새삼 느꼈다. 일본은 부족한 것을, 우리는 넘치는 것을 좋아하는 국민성의 차이를.

그녀의 만화 에세이에서 이런 장면을 보고 "엥?" 한 적도 있다. 친구들과 카페에 간 마스다 미리, 조각 케이크를 각각 시켜서 각자 자기 것만 먹는다. 상대방에게 권하지 않는다. 먹어 보라고 할까 하다 그냥 먹는다는 말풍선이 나온다.

일본인 친구들과의 그룹라인에서 그 페이지를 찍어서 보여 주며 일본인들은 친구들과 이렇게 먹는지 물어보았다. "의식한 적은 없지만, 그러고 보니 그런 것 같네. 한국은 안 그래?"라며 되묻는다.

"한국은 대체로 둘이 먹으면 한 개 시켜서 나눠 먹고, 셋이 먹으면 두 개 시켜서 나눠 먹을 때가 많지. 각자 시킨다 해도 같이 먹어."

훗날 그중 한 친구가 그랬다. 사람들과 카페에서 조각 케이크를 먹을 때마다 그 얘기가 생각나서 "이것도 좀 먹어 볼래?" 권하게 되더라고. 설마 그동안 몰라서 안 했던 거냐? 내 것도 주지 않지만 네 것도 원하지 않는 정신이랄까. 정 없는 것 싫어하는 체질에는 맞지 않지만, 국민성 존중합니다.

이런 얘기도 흥미로웠다. 철저하게 더치페이를 하는 일본이지만, 편집자와 작가가 만날 때는 그래도 편집자가 계산하는 모양이다. 아무래도 편집자는 개인 돈이 아닌 법인 카드를 사용하니까. 어느 날, 마스다 미리는 편집자와 미팅을 하는데 오렌지주스를 마시고 싶었다. 그러나 처음 만난 사이에 비싼 주스를 주문하기 미안해서 커피를 시켰다. 그러고 돌아오는 길에 기어이 오렌지주스를 마시고 싶어서 카페에 간다.

좀 다른 얘긴데, 무라카미 하루키의 에세이에 자기는 커피를 주문하는데 편집자가 파르페를 시켜서 어이없어하는 에피소드가 나온다. 물론 이쪽은 가격 문제가 아니라, 일 때문에 미팅하는 자리에서 테이블도 좁은데 파르페 같은 복잡한 것을 시켜서 우적우적 먹는 눈치 없음을 얘기한 것이지만. 이런 일화들을 번역하며 키득키득 웃었다. 나도 커피를 못 마시기 때문에 편집자를 만날 때면 주스를 시킬 때가 많아서다. 편집자 입장에서는 어차피 법인 카드이니 주스든 뭐든 상관없을 테지만, 상대방이 아메리카노 시킬 때 생과일주스요, 하는 것도 좀 미안하긴 하다. 그래서 법인 카드고 뭐고 내가 마음대로 메뉴를 고르고 내가 사주는 게 편하다. 편집자에게 완력으로 저지 당할 때가 많지만.

쫄보지만 화를 낼 때도 있다

진상을 만날 일이 별로 없다는 것이 이 직업의 큰 장점이다. 편집자는 말도 글도 예쁘게 하고 정중하다. 내가 나름 경력이 오래돼서 그럴지도 모르지만, 생초보 시절을 돌이켜 봐도 초짜여서 무시당하거나 서러움을 받은 기억은 없다. 내가 세상에서 가장 좋아하는 직업군이 편집자다. 처음 주고받는 메일에도 정이 뚝뚝, 처음 만났는데도 반가워서 수다가 술술.

그러나 어딜 가나 예외는 있다. 오래전 일이지만, 어느 편집자의 행동에 심하게 화가 난 일이 있다. 나는 좀 가식적인 인간이라 가족 이외의 사람에게는 화가 나도 거의 표현하지 않는다. 더구나 상대가 편집자라면 더욱 참아야 한다. 그 출판사와 일이 끊어지게 되니까. 이때도 한 번, 두 번까지는 참았지만, 역시 한국 사람은 삼세번에 걸린다. 세 번째가 되니 도저히 참을 수가 없어서 결국 세 번의 잘못을 지적하는 메일을 보냈다. 의도적인 것은 아닌 듯하고, 그냥 그런 무례함이 무례함인 줄 모르는 사람 같았다.

당연히 메일을 보낸 뒤에는 마음이 불편하다. 역시 참을 걸 그랬나, 괜히 말했나. 화난 걸 표현하지 말았어야 했나. 아니, 그 정도 일로 화내지 말았어야 했나. 그동안 친절하고 예의 바른 편집자에게 길들여져서 사소한 무례함에 예민했던 걸까.

태생이 쫄보라 결국 화살을 내게 돌리고 있는데, 편집자에게 사과 메일이 왔다. 그래서 해피엔딩인가 하면 그렇지 않다. 얼굴도 본 적 없는 편집자와의 사이에 산 같은 불편함이 남았다. 이제 그 출판사는 내게 번역을 의뢰하지 않겠지, 하는 현실적인 문제가 남았다.

그 편집자는 어떻게 그런 마인드로 회사 생활을 하지? 용

케 잘리지 않고 잘 다니네? 하는 의문에 빠져서 한동안 본의 아니게 그 편집자 생각만 하고 지냈다.

일을,

너무 잘해.

게임 끝.

교정도 잘 보았고, 번역 누락 부분도 근사하게 번역해 놓았다. 화가 났던 마음은 교정지를 보며 눈처럼 녹고 그 자리에 고마움이 가득해졌다.

오래된 일이다. 아마 지금쯤 그녀는 예의 바르고 노련한 편집자가 되어 있지 않을까. 나도 아마 요즘 같으면 그러려니 하고 넘겼을…… 아, 그건 아니네.

카모메 식당의 그녀

『카모메 식당』*으로 유명한 소설가 무레 요코 이야기다.

무레 요코가 아기 때, 그녀의 부모님은 아주 가난했다고 한다. 아버지는 화가 지망생으로 한없이 백수에 가까운 프리랜서여서 거의 수입이 없고, 어머니가 삯바느질을 해서 근근이 풀칠하는 생활이었다. 좁은 집에 종일 있기 미안한 아버지는 공원에서 곧잘 시간을 보냈는데, 하루는 어둑해

* 무레 요코, 권남희 옮김, 『카모메 식당』, 푸른숲, 2011

질 무렵에 늙고 병든 셰퍼드를 업고 왔더란다. 누가 나무에 묶어 놓고 가서 데리러 오지 않았다고 한다.

손바닥만 한 단칸방(다다미 4조 반짜리였다고 한다. 좁은 1인 자취방 면적을 생각하면 된다)에는 아기가 누워 있고, 삯바느질하는 옷감과 천 조각이 사방에 널려 있어서 사람이 앉을 데도 없다. 그런 곳에 병든 노견, 그것도 셰퍼드를 데리고 왔다. 앉지도 못하고 누워만 있는 개를.

아버지의 등에 업힌 커다란 물체를 보고 어머니도 경악했지만, 다행히 동물을 사랑하는 분이어서 벽장 짐을 꺼내 좁은 방에 쌓아 놓고 그 안에 이불을 깔아서 개집을 만들어 주었다. 사람 집에 개가 있는 게 아니라 개집에 사람 있는 상황이 된 단칸방은 순식간에 개판이 됐다. 아기는 개벼룩 때문에 온몸이 가려워서 날마다 울고, 아버지는 여전히 백수였다.

두 달 뒤에 셰퍼드가 죽었다. 부모님은 울면서 두 장뿐인 시트 중 한 장으로 셰퍼드를 감싸서 양지 바른 곳에 묻어 주었다고 한다.

무레 요코 씨의 이 에세이(『고양이의 주소록』**에 수록)가 참 좋았다. 동물을 동물로 보던 그 옛날에 이런 심성을 가진 부모님 아래 자라서 무레 요코는 그렇게 따듯한 소설들을 썼구나, 생각했다. 그러나 에피소드 하나로 선불리 판단할 일이 아니었다. 그녀는 아버지를 몹시 싫어했다. 아버지는 무능했고, 폭력적이고, 없는 살림에 오로지 자기 옷매무새, 취미 생활만 챙기는 이기적인 사람이었다. 어머니는 자식을 위해 참고 살다 무레 요코가 스무 살이 되자 바로 이혼했다. 이혼한 뒤에는 어머니도 일하고, 무레 요코도 아르바이트를 해서 대학을 졸업하고 취업하여 생활은 전보다 훨씬 여유로워졌다. 남동생도 좋은 대학을 나와서 좋은 회사에 취업하여 자리를 잡았다. 게다가 직장에 다니던 무레 요코 씨가 작가로 데뷔하여 뜨기 시작했다. 정말로 고생 끝, 행복 시작!……인 듯했으나 어머니, 그동안 못 살았던 한이라도 풀듯이 낭비벽 풀가동. 한 달에 5천만 원, 8천만 원, 믿을 수

** 무레 요코, 권남희 옮김, 『고양이의 주소록』, 해냄, 2019

없는 단위의 카드 청구서가 휙휙 날아왔다. 급기야 집을 사 달라고 졸라서 있는 통장 없는 통장 다 깨고 융자를 받아서 집까지 사주었다. 그 집에 남동생과 둘이 살며 무레 요코 씨에게는 비상 열쇠도 주지 않는 아들바보 어머니. 그제서야 무레 요코는 당신 같은 사람들과 같은 묘지에 묻히고 싶지 않다며 절연을 선언했다.

그녀는 이런 가족 얘기를 에세이로 계속 쓰고 있다. 앞으로도 계속 쓸 거라고 한다. 모두 행복하게 잘 살았습니다, 로 끝나는 스토리는 이제 일일극이나 주말극 엔딩에서만 볼 수 있지 않을까. 현대의 가족은 와해를 향해 가는 공동체 같다. 그러니 다른 집은 다 화목한데 우리 집만 콩가루야, 하고 비관하지 마세요. 어느 집이나 문 열고 들어가 보면 곪은 곳은 다 있기 마련입니다.

오해를 남기고 떠나지 말기

역자 교정지를 받았는데 마지막 장의 역자 후기에 편집자가 〈선생님, 더 추가해주실 거죠?^^〉라고 써놓은 글이 미묘하게 거슬렸다. '역자 후기 쓰다 만 거지? 더 써라'라는 뜻인가. 나는 완성 원고였는데. 아마도 기분 나쁘지 않게 말하느라 한 것 같은데 되레 더 기분이 좋지 않다. 핵심을 간단히 말해주는 게 나을 텐데. 그래서 빨간 펜을 든 김에 그 문장을 살짝 고쳐 주었다.

〈선생님, **조금 더** 추가~~해주실 거죠?^^~~**해 주시면 좋겠습니다**〉

이렇게 말하면 뜻도 잘 통하고 좋잖아. 그리고 편집자가 원하는 대로 역자 후기를 추가해서 교정지를 보냈다.

며칠 뒤, 편집자가 역자 후기 수정본을 파일로 보냈다. '역자 후기는 제가 거칠게나마 다시 정리해 봤습니다' 하고 덧붙였다. 편집자가 역자 후기를 추가한 것이다. 내 역자 후기가 마음에 안 들어서 편집자가 더 썼나 보다. 나는 편집자가 쓴 글을 지우고 다시 내 스타일로 고쳐 썼다. 절대로 내 번역, 내 글을 고수하려는 편은 아니다. 좋은 쪽으로 고치는 것은 언제나 환영하고 감사해한다. 하지만 역자 후기는 아무래도 내 톤이 있으니 편집자가 덧붙여 쓴 부분은 구멍 뚫린 양말에 비단을 덧대어 꿰맨 듯한 위화감이 있었다. 애초에 편집자가 만족할 만한 역자 후기를 못 쓴 내 잘못이긴 하지만, 아무리 봐도 별문제 없는 역자 후기인데 왜 이렇게 수난을 당하나 싶었다.

그런데 나중에 알고 보니 모든 게 서로의 오해였다. 편집자는 내가 원고 보낼 때 습관처럼 말하는 '역자 후기는 교정볼 때 생각나면 더 쓸게요'라고 한 말 때문에 〈선생님, 더 추가해주실 거죠?^^〉라고 했던 거였다. 그리고 내가 교정지에, 〈선생님, **조금 더** 추가~~해주실 거죠?^^~~**해 주시면 좋겠습니다**〉라고 수정해 놓은 걸 보고, '저보고 더 추가하라는 말씀인 줄 알고 어제 열심히 역자 후기를 추가해서 보낸 거였답니다'라고 하는 게 아닌가. 말을 다루는 사람들이 이렇게 서로 말을 못 알아듣게 하고 있었다.

오토바이 퀵으로 교정지를 주고받았을 만큼 시일이 촉박한 상황에 교정보기도 바쁜데, 역자 후기까지 쓰느라고 얼마나 애먹었을까. 뭐 이런 거지 같은 역자가 다 있나 하고 욕이 랩으로 나왔을 것 같다.

이렇게 운 좋게 서로 오해를 풀고 웃을 수 있었으니 다행이지, 실제로 우리는 얼마나 많은 오해 속에 살아가고 있을까. 끝내 풀리지 못한 채 묻혀 버린 세상의 오해들이 얼마나 많을까. 알고 나면 아무 일도 아닌 문제로 얼마나 많은 관계가 파투 났을까. 조병화 시인의 시 「남남」에 '오해로는 떠나지 마세. 오해를 남기고는 헤어지지 마세' 하는 구절이 있지만, 애초에 오해인 줄 알았으면 떠났겠습니까요.

이런 데서 위로를

편집자가 무라카미 하루키에게 물었다. 교정지에 손 많이 대고 참견이나 꼬투리 잡는 멘트 넣는 것이 기분 나쁘지 않느냐고. 그랬더니 무라카미 하루키는 그렇지 않다고, 많이 고칠수록 고맙다고 했다. 신초샤(일본 출판사, 新潮社)는 워낙 꼼꼼해 교정지가 새까맣게 돼서 오는데 정말 고맙다고 한다.

무라카미 하루키 교정지도 그렇게 새까맣게 온다고 하니 교정지가 빨갛게 와도 좌절하지 마세요, 동료 여러분.

2장

잡담입니다

애플과 구글

지인이 미국 애플사로 이직을 했다.

이직이 결정되자, 회사에서 미리 미국 생활을 경험하라고 온 가족에게 일주일이나 여행하게 해주었다는 얘기를 듣고 컬처쇼크! 회사라는 곳에서 어떻게 그런 배려까지 해줄까. 그런데 그다음에 더 큰 컬처쇼크가 있었다.

가족은 한 달 뒤에 오기로 해서 지인이 먼저 임시 숙소에 머물게 되었는데, 숙소에 오니 이런 것들이 준비되어 있었다고 한다.

"일단 냉장고에 빵, 계란, 주스, 샐러드, 물, 과자, 소스 이런 거 몇 가지 채워져 있고요. 고양이 데리고 오는 거 알고 고양이 화장실, 쿠션, 캣닙, 장난감, 사료 그릇 이런 것도 챙겨 놨네요. 유심카드 끼운 아이폰이랑요."

아이폰도 쓰지 않고, 스티브 잡스가 스마트폰 만든 것에 불만이 많은 아줌마지만, 고양이 물품까지 챙겨 주는 회사라니 애플 진심으로 감동이다. 나 같으면 이런 회사에 뼈를 묻을 것 같아. ……라고 생각했는데, 2년 뒤, 그는 구글로 옮겼다. 참고로 이 사람 토익 400점대. 우리나라에선 서류 심사에서 떨어질 점수다.

어떻게 구글에 들어갔는지 물었더니 이런 얘기를 했다.

"이 바닥은 좁아서요, 어디서 누굴 어떻게 만나게 될지 모르거든요. 제가 면접 경험이 별로 없을 때 어떤 회사에 면접을 보러 갔는데, 매니저가 자기네 회사 제품을 어떻게 생각하는지 묻더라고요. 그래서 '내가 사용해 본 제품 중 가장 안 좋다'라고 했죠. 내가 들어가서 더 좋은 제품으로 만들어 보겠다고 덧붙였지만, 거긴 떨어졌어요. 면접에서 떨어진 후에도 그 매니저랑은 업무상 마주칠 수밖에 없었고, 면접

결과와는 관계없이 좋은 관계를 유지했죠. 몇 년 후 그 매니저는 구글로 옮겼고, 그 후 나를 구글에 추천해 주었어요."

그리고는 '나는 럭키가이. 내 전공과 특기와 취미가 같지' 하는 레터를 내고 면접에 통과하여 구글에 척 들어갔다고 한다.

럭키가이에게 취준생 정하를 위해 한 수 전수해달라고 하자, 그는 마치 자기계발서 제목 같은 '토익 400점대로 애플과 구글 면접에서 합격한 비결'을 길고 긴 메일로 보내 주었다. 그 메일에 또 감탄. 다음에 꼭 책으로 써서 취준생들에게 널리 알려 달라고 했을 정도로, 정하만 읽고 말기에는 아까운 정성 글이었다. 그의 허락을 받고 짧게 인용하자면 이런 글이다.

내가 잘 모르는 부분에 관해서 질문을 받았을 경우, 그래도 최대한 적극적인 모습을 보여 주려 노력한다. 물론 모르는 걸 아는 것처럼 대답하는 건 절대 피해야 하지만, 관련되거나 비슷한 주제에서 내가 아는 한 대답하고 '난 여기까지는 아는데, 더 이상은 정확히 모르겠다. 가르쳐 주실 수 있냐'라고 하면서 가져간 노트를 펼치고 펜을 꺼내는 등 받아 적을 제스처를 보여 준다. 질문에 대해서 안다, 모른다를 떠나서 이렇게 배울 준비가 됐다는 적극적인 모습을 보여 주는 것 자체로 긍정적인 인상을 심을 수 있을 것이다. 게다가 사람은 기본적으로 누구를 가르친다는 것에 자부심을 갖기 마련이다. 따라서 면접관을 기분 좋게 하면서 이 후보자가 가르쳐 주는 대로 잘 배우더라는 인상을 심을 수 있다.

그가 쓴 몇 가지의 면접 성공 비결을 읽어 보니 이런 사람은 애플, 구글 아니라 어디라도 프리패스할 사람이라는 생각이 들었다. 밝고 긍정적이고 낙천적이고 적극적이고 겸손한데 실력까지 좋으니 그까짓 토익 점수가 문제겠는가. 타고난 성향이 어둠의 자식이어서 낙천적이고 긍정적인 사고는 무리야, 이번 생은 망했어, 라고 생각하는 사람들도 있겠지만, 그게 또 굳이 바꾸면 바뀌더라고요. 경험에 의하면. 취준생들에게 이 해맑은 구글러의 기운이 전해지기를.

인맥인가 팔로맥인가

어느 유명 토익 강사가 텔레비전 특강 프로그램에서 이런 말을 하는데 귀에 쏙 들어왔다.

당신이 지금 인맥이라고 생각하는 그 사람도
당신을 인맥이라고 생각할 것 같은가?
인맥이란 양쪽이 대등한 위치에 있을 때 성립되는 말,
일방적으로 기대기만 한다면 당신은 그 사람에게 민폐 덩어리일 뿐이다.

아, 그게 그렇게 되나. 필요한 일이 있으면 자문을 구할

각 방면 사람들 좀 알고 있다고 생각했는데, 그들에게 나는 인맥일까? 아니면 민폐 덩어리일까? 마음속으로 생각만 했으니 민폐는 아니겠지. 자기계발서에서는 그렇게도 인맥을 형성하라고, 인맥이 중요하다고 성공의 비법처럼 떠드는데 내 직업에는 뭐 그리 인맥이 필요할 일도 없고, 인맥이 없어서 기죽을 일도 없고, 밥 굶을 일도 없어서 인맥을 만들려고 애써 본 적이 없다.

인맥이란 게 결국 여차할 때 타고 올라가기 위한 거미줄 아닌가.

SNS 세대 젊은이들 이야기인 아사이 료의 소설 『누구』*에도 인맥에 관해 이런 서늘한 대사가 나온다.

……인맥을 넓히겠다고 너는 늘 말하는데, 알아? 살아 있는 것에 뛰고 있는 걸 '맥'이라고 하는 거야. 너, 여러 극단

* 아사이 료, 권남희 옮김, 『누구』, 은행나무, 2013

의 뒤풀이 같은 데 가는 모양인데, 거기서 알게 된 사람들과 지금도 연락하고 있냐? 갑자기 전화해서 만나러 갈 수 있어? 그거, 정말로 인'맥'이라고 할 수 있는 거야? 보고 있으면 딱하더라, 너.

단지 SNS 팔로어 중 한 명일 뿐인데, 완전 팩폭. 일방적인 관계를 인맥이라고 믿는 사람들의 뼈를 때리는 대사다. 어디 가서 인맥이라고 자랑할 정도의 사람은 엄청난 팔로어를 거느리고 있을 텐데 말이다.

넌 아무개의 20만 명 중 1명의 인맥
네 인맥은 거미줄보다 가는 맥
좋아요나 눌러주는 팔로맥 (비트박스 픕팝픕팝).

오, 시상이 떠오르듯 랩이 절로 나오네. 인맥이나 팔로맥(follow脈)이나 모두 소중한 인연이라고 생각한다. 그러나 인맥의 수나 팔로어 수가 그 사람의 완성도는 아니니, 이 숫자의 많고 적음에 연연할 필요는 없지 않을까. 내가 보기에 제일 구려 보이는 사람은 인맥이 없는 사람이 아니라 인맥이 넓다고 떠들어 대는 사람이다.

오가와 이토 씨의 메일

꼭 한번 만나고 싶다고 생각했던 소설가 오가와 이토 씨가 한국에 왔다. 데뷔작인『달팽이 식당』*부터『따뜻함을 드세요』**『츠바키 문구점』*** 등등, 그녀의 주요 작품들을 번역한 인연으로 방한 일정 중에 김하나 작가와의 대담과 일본 대사관에서 주최하는 만찬에 초대받았다. 내가 번역한 소설의 작가가 방한하는 것이 제일 공포였는데(공식 석상에

* 오가와 이토, 권남희 옮김,『달팽이 식당』, 북폴리오, 2010

** 오가와 이토, 권남희 옮김,『따뜻함을 드세요』, 북폴리오, 2012

*** 오가와 이토, 권남희 옮김,『츠바키 문구점』, 위즈덤하우스, 2017

참석하는 걸 너무 싫어해서), 처음으로 기쁘게 달려갔다.

김하나 작가와 오가와 이토 씨의 대담은 굉장히 훌륭했다. 통역이 있었음에도 없는 것처럼 매끄러운 리듬. 준비한 듯이 잘 맞는 티키타카와 알찬 내용에 참석한 사람들이 모두 찬사를 보냈다. 김하나 작가의 진행 솜씨와 재치야 말할 것도 없고, 오가와 이토 씨도 아나운서인가 싶을 정도로 차분하게 말을 잘했다.

대담이 끝나고 일본 대사관으로 이동하는 차 안에서 오가와 씨와 나란히 앉았다. 이런저런 수다를 떨다가 이런 딸이 있다고 내 폰 배경인 정하를 보여 주었다. 오가와 씨는 예쁘네요, 귀엽네요, 하는 의례적인 인사 뒤에 딸과 사이좋게 잘 지내냐고 물었다. 그래서 “아휴, 자주 투닥거려요. 엄마하고 딸은 애증의 관계예요, 그죠. 오가와 씨도 엄마랑 싸울 때 있죠?” 물었더니 맞다고 엄마와 딸 사이는 정말 그렇다고 공감했다. 너무 격하게 공감해서 이렇게 착하고 반듯하게 생긴 사람이 설마 엄마 말 안 듣고 개길 때가 있었겠어,

이렇게 말 잘 들을 것 같은 딸한테 어떤 엄마가 야단을 치겠어, 하고 그냥 일본인의 예의 바른 리액션으로 생각했다.

일본 대사관의 만찬에는 많은 분들이 오셨지만, 분위기도 훈훈하고 코스 요리도 훌륭했다. 오가와 이토 씨가 이렇게 환대받는 작가로 성장한 10년 동안 나는 뭐했지, 하는 생각이 문득 들었다. 어쨌든 뜻하지 않게 즐거웠던 작가와의 만남이었다(사실 더 즐거웠던 것은 김하나 작가와 정세랑 작가를 만난 것이었다는 사실은 비밀로 해야 할까).

공교롭게 오가와 이토 씨를 만난 날 계약했던 책 『양식당 오가와(원제:洋食小川)』를 마감한 바로 다음 날, 다른 출판사에서 그녀의 신간 『바늘과 실(원제:針と糸)』의 작업 의뢰가 들어왔다. 그 절묘한 타이밍이 재미있어서 오가와 씨에게 메일로 얘기를 했더니 답장이 왔다. 『바늘과 실』로 또 인연을 맺어서 기쁘다는 인사와 '대담 때 잠깐 언급했던 책이 지난주에 출간되었어요. 제목은 『라이온의 간식(원제:ライオンのおやつ)』이랍니다' 하는 새 책 소식도 있었다. 대담 때 다음 작품은 어떤 것이냐는 김하나 작가의 질문에 말기암 환자

가 호스피스에서 남은 날을 보내며 매일 오후 3시에 먹는 간식 이야기를 쓰고 있다고 했었다. 정말 오가와 이토 씨다운 소재라고 생각했는데, 드디어 책이 나온 것이다.

즉시 입수하여 읽어 보았다. 『라이온의 간식』은 언제나처럼 따스하고 힐링이 되는 오가와 이토 식의 소설이었다. 그런데 작가 후기에 실린 어머니 이야기가 충격이었다. '어떤 어머니가 이런 착한 딸에게……'라고 생각했던 것과 달리 그녀의 어머니는 딸에게 학대 수준으로 많이 거칠었다. 그래서 오가와 씨는 그런 어머니에게 벗어나기 위해 일찌감치 집을 나온 뒤로 연락을 끊고 살았다고 한다. 그러다 몇 년 전 어머니가 암에 걸려서 여명 선고를 받고 딸에게 전화하여 두 사람은 다시 만났다. 가벼운 치매 증세까지 있는 암 환자인 어머니에게 연민을 느끼며 짧은 기간이지만 남은 시간은 따듯하게 보낸 것 같다. 죽음을 두려워하는 어머니를 보며 『라이온의 간식』이라는 책을 쓰기로 했다는 말이 작가 후기에 있다. 에세이 『바늘과 실』에서는 '만약 내가 평온한 가정에서 태어나 자랐더라면, 엄마가 폭력을 휘두르는 사람이 아니었더라면 지금 나는 이렇게 글을 쓰며 살아갈 수 있었을까'라고 얘기한다.

작년 여름 서울에서 만났을 때, 엄마와 딸의 애증 관계에 대한 리액션은 그녀의 진심이었던 것이다. 한 번도 인터뷰에서 어머니에 관한 언급을 하지 않던 오가와 씨여서 전혀 알지 못했다(라고 생각했는데 『바늘과 실』은 그녀를 만나기 이전에 출간된 책이니, 나의 정보력이 미천했음을 인정).

오가와 씨는 어머니가 돌아가신 후에야 봇물 터트리듯 어머니 이야기를 하고 있다. 작가 후기에서, 에세이에서, 블로그에서. 정말 소설 한 권을 써도 부족할 어머니에 대해 얼마나 할 말이 많았을까. 그동안 공식 석상에서 유일하게 이야기한 친정 가족은 자신을 키워준 외할머니뿐이었다. 어쨌든 어머니와의 오랜 응어리가 죽음 앞에서라도 풀려서 다행이다. 지금은 간소하게나마 불단을 만들어 놓고 매일 기도를 하며 하루를 시작한다고 한다. 아픈 기억을 준 어머니였지만, 핏줄이란 그런 것인가. 어쨌든 저마다 어떤 아픈 역사가 있는지 모르니 가족에 관한 언급은 절대 하지 말아야 할 일이구나, 다시 한번 되새긴 일이었다.

그녀의 시집 제목

성공한 인생이든 실패한 인생이든 관계없이 어쩜 그렇게 곳곳에 절묘한 복선을 장치하고, 사건을 만들고, 희로애락을 심어 놓는가. 살아가면서 만나야 할 사람을 시기별로 분류하여 적재적소에 데려다 놓고. 이보다 아귀가 잘 맞아 떨어지는 완벽한 시나리오도 없을 것이다.

낯선 주소의 메일이 날아왔다. 메일은 이런 인용문으로 서두를 시작했다.

오, 멋진 문장인데, 생각했더니 맙소사, 『번역에 살고 죽고』에서 내가 쓴 글이었다. 내가 쓴 책이나 번역한 책이 활

자화 된 뒤로는 읽지 못하는 고질병이 있어서, 칠 년 전에 쓴 이 글을 기억하지 못했다. 메일을 보낸 그녀는『번역에 살고 죽고』를 감명 깊게 읽었고, 그중에서도 이 문장이 좋아서 작업실에 붙여 놓았다고 한다. 그리고 글을 쓰는 사람이라는 자기소개와 함께 시집 제목을 말하는데 깜짝 놀랐다.

어느 날 밤에 조카 미송의 안내로 정하와 셋이 이태원의 '초능력'이란 곳에 간 적이 있다. 낮에는 서점을 하고 밤에는 칵테일 바를 하는 독특한 공간이다. 어두운 조명 속에 진열된 책이 인상적이었다. 낮 서점의 흔적들이다. 그 가운데 자리에 앉기도 전에 시선을 확 끄는 책이 있었다. 대박, 어떻게 저런 라임으로 제목을 지었지? 하며 집어든 시집은『꽃같거나 좆같거나』*.

시집을 펼치니 제목의 특정 글자가 불편하면 가리라고 친절히 스티커가 들어 있다. 그렇긴 했다. 우리 셋 다 제목이

* 김은비,『꽃같거나 좆같거나』, 디자인이음, 2017

대박이라고 칭찬했지만, 아무도 입에 올리진 못했다. 대체 어떤 사람이? 하고 프로필을 보니 김은비라는 91년생 작가였다. 우와, 신선해. 내가 본 첫 90년생 작가야! 하고 감탄했다. 그 후로 한동안 그 시집 생각이 머릿속에서 떠나지 않았는데, 메일의 주인이 바로 그 사람이라니!

그 많고 많은 책 중에 서로의 책이 마음속에 포스트잇처럼 붙어 있다는 게 신기했다. 게다가 내 책은 나온 지 오래됐고, 그녀의 책은 자그마한 독립서점 한 코너에 꽂힌 것이어서 서로 접하기도 어려웠던 것을. 메일을 받은 이듬해에 은비 씨를 만났다. 친구처럼 말도 잘 통하고 귀엽고 상냥한 아가씨였다. 만약 드라마에서 남녀 주인공이 이렇게 만났다면 "뭐야, 개연성 1도 없어! 작가 발로 쓰네" 하고 악플이 달렸을 일이다.

사람이 태어날 때 신이 던져 준 시나리오에는 의외로 세세하고 촘촘하게 인연의 작대기가 그어져 있는 것 같다. 이제 3분의 1 정도 남았을 나의 시나리오에는 또 어떤 이들과 작대기가 그어져 있을까.

무지한지 무례한지

1.

3인의 공동 에세이를 기획하고 있는데 필자가 되어 달라는 전화가 왔다. 공동 에세이도 관심이 없지만, 주제도 7080 추억 우려먹기. 별로 쓸 거리도 없고 쓸 시간도 없어서 정중히 거절했다. 그런데 끊기 전까지 이분이 몇 번이나 한 얘기가 재미있다.

"다들 안 쓰시려고 그래서요. 필자 구하기가 너무 힘들어요."

처음 청탁하는 사람한테 하소연을 할 게 아니라 99명에게 거절당했더라도, 100번째 사람에게 "이런 테마로 책을 기획했는데, 선생님밖에 쓰실 분이 없더라고요"라고 입에 침도 안 바르고 말하는 요령 정도는 있어야 먹고살기 쉽지 않을까. 담당자의 그 멘트에 어차피 쓰지 않을 거면서도 기분이 살짝 나빴다. 섭외를 하다 하다 안 돼서 나한테 했구나 하는 생각이 들지 않겠느냐고요.

2.

번역 의뢰를 받고 편집자를 만났다. 초면이다.

처음 만나도 오래 만난 사람처럼 수다를 잘 떠는 게 이 아줌마의 특징이다. 그래서 편집자는 진짜 오래 지인처럼 느껴졌는지, '사실 말이죠' 하고 운을 뗀다.

"사실 말이죠. A선생님한테 의뢰했는데 시간이 안 맞는다고 하시고, B선생님한테 의뢰했더니 안 한다고 하셔서 세 번째로 선생님한테……."

A, B선생님 다음에 내 이름을 떠올려 주어서 고오맙습니다.

타 업종 사람들의 습격

무라카미 하루키는 『직업으로서의 소설가』*에서 소설가는 타 업종 사람이 홀연히 나타나 소설을 써서 주목을 받거나 베스트셀러가 돼도 별로 놀라거나 위협을 느끼지 않고 화를 내지도 않는다고 했다.

아이돌 가수가 연기를 하듯이 어느 분야에나 타 업종 사람이 나타난다. 번역도 예외는 아니다. 걸그룹 카라 출신의

* 무라카미 하루키, 양윤옥 옮김, 『직업으로서의 소설가』, 현대문학, 2016

박규리 씨나 원더걸스 출신의 우혜림 씨처럼 약간 독특한 타 업종 사람이 나타날 때도 있다. '원더걸스 전 멤버 혜림, 대학 입학 후 첫 번역서 내'라는 뉴스 헤드라인이 재미있다. 대학 졸업 후도 아니고 입학 후라니. 추억의 출판사 고려원에서는 KAL기 폭파범 김현희가 미야모토 테루의 소설을 번역한 적도 있다. 아나운서들의 번역도 흔한 일이다. 이렇듯 특별한 사람을 역자로 내세우는 것은 출판사의 마케팅 차원이니 그런가 보다 싶다. 살짝 위협을 느끼는 타 업종이라면 단연코 소설 쓰는 분들이다.

타 업종이라고 하기에는 동지 의식이 느껴지는 업종이지만, 어쨌든 언어의 마술사인 소설가가 번역가에게는 두려운 경쟁자임이 분명하다. 소설가에서 번역가로 넘어온 대표 인물로 고 이윤기 님이 있다. 소설가로 데뷔하셨지만, 최고의 번역가로도 독자의 기억에 남아 있다. 소설가 김영하 님도 『위대한 개츠비』 번역으로 유명하다. 무라카미 하루키도 소설가이자 번역가이다. 그가 레이먼드 카버 소설을 많이 번역한 것은 독자에게 잘 알려진 사실이다. 그러고 보니 소설가 김연수 님도 레이먼드 카버 소설을 번역했다.

소설가가 한 번역의 장점은 역시 읽기 편하고 매끄러운 의역이다. 단점이라면 의역에 본인의 색이 드러나는 것이랄까. 나도 완벽한 번역을 하는 건 아니어서 남의 번역에 왈가왈부할 처지는 못 된다. 누가 번역하든 일장일단이 있을 테니 독자의 취향에 맡길 일이다.

가끔 이렇게 타 업종 종사자들의 습격(?)을 받기만 할 게 아니라, 기회가 되면 나도 타 업종인 소설에 도전하고 싶다는 생각을 한다. 그러나 백전노장 무라카미 하루키가 장담하듯 도전은 가능해도 계속 쓰는 건 무리다. 아마 타 업종 종사자들의 외유도 그럴 것이다. 그러니 타 업종 사람의 습격에 쫄지 말자.

……대체로 쫄고 있는 사람들이 쫄지 말자고 말하지.

퇴사 위로 멘트

전화와 메일과 택배로 작업을 모두 해결하니 편집자를 만날 일이 좀처럼 없다. 만나면 좋은 친구우우이긴 하지만, 도장 찍고 차 한 잔 마시는데 일일이 나가는 것도 번거롭고, 편집자도 번역서 하나 의뢰할 때마다 역자를 만나는 것은 큰 노동일 것이다. 그래도 편집자가 만나서 계약하고 싶다고 하면 마감 때 아닌 이상 나가지만, 작년부터 외출에 제약이 생겼다. 눈먼 노견 때문이다. 저녁에 만나면 정하에게 맡기고 나갈 수 있지만, 낮 시간에는 좀 곤란하다.

작년에 계약서에 사인할 일로 '집 근처로 찾아뵙겠다'고

하는 편집자가 있었다. 집 근처까지 온다는데 차마 노견 핑계로 거절할 수는 없었다. 일단 나무를 데리고 나가서 동물병원에 맡기고 옆 카페에서 만나기로 했다.

편집자는 27년 전, 내 첫 번역서가 나오던 해 태어난 어린 친구였다. 정하와 몇 살 차이 나지 않아서 남다른 촉촉한 느낌으로 얘기를 나누었다. 같이 작업하는 편집자의 나이가 친구나 언니뻘이었다가, 동생뻘이었다가, 조카뻘이었다가, 드디어 딸뻘이 등장했다. 설마 손녀뻘 편집자와 일하는 날도 올까. 오면 좋겠다.

취준생 엄마이다 보니 직장인에게 관심이 많아져서 출판사 생활은 어떤지, 편집자는 어떤 점이 힘들고 어떤 점이 보람 있는지, 그 출판사는 어떤 시험을 보고 들어가는지…… 새삼스럽게 이런 것들을 물어보았다. 27년 동안 전연 궁금하지 않았던 건데. 계약서 사인을 한 뒤, 편집자가 나무를 보고 싶어 해서 동물병원에서 나무를 데리고 나와 짧은 산책도 같이 했다. 귀여운 편집자와의 즐거운 미팅이었다.

그런데 두둥, 2주 뒤에 그녀에게 퇴사 메일이 왔다. 편집자의 퇴사 메일은 종종 오지만, 겨우 2주 전에 만난 데다 딸 같은 마음으로 보았던 편집자여서 감정 이입 두 배. 깜짝 놀랐다. "좋은 출판사 다녀서 어머니가 좋아하시겠어요" 이런 말까지 했는데.

대부분 편집자가 퇴사 메일을 보낼 때, 공통적으로 하는 말이 있다. '몸이 좋지 않아서 당분간 쉬기로 했어요'. 그만두는 사연은 각자 다를 텐데 전부 자기 몸 탓으로 돌린다. 뒷모습도 아름다운 사람들. 매뉴얼이 있는지 친한 편집자에게 물어보았더니 그렇지 않다고 한다. 2주 전이면 이미 퇴사가 결정된 상황일 텐데 출판사에 관한 이런저런 물음에 단 한 마디도 부정적인 말을 하지 않았던 어린 편집자, 참 기특하다.

메일을 닫으며 만약에 딸이 좋은 직장 잘 다니다가 관두면 어떤 기분일까 상상해 보았다. 그때는 무슨 말을 해 주어야 위로가 될까. 속으로는 '좀 참고 다니지! 남들도 다 다니는데!'라고 생각하면서 겉으로는 '그동안 고생했어, 푹 쉬어, 잘 그만뒀어'라고 말하면 마음이 표시 날까. 섣부른 위로는 되레 반감을 살 테니 무심한 척하는 게 나을까. 이런저런 퇴사 위로 멘트 고민을…… 대체 취준생 엄마가 왜 하고 있는지 말입니다.

발 끼우고 문 닫기

유태인은 싸우고 돌아서서 “너랑 다시 안 볼 거야!” 하고 집으로 들어오며 문을 ‘쾅!’ 닫는 게 아니라, 한쪽 발을 살짝 끼우고 닫는다고 한다.

고등학생 때 탈무드에서 읽은 이 이야기가 살아오며 자주 생각났다. 누군가에게 “너랑 다시 안 봐!”라고 선언하고 싶을 때마다 이 이야기를 떠올리며 참았다. 마지막 말만은 입이 찢어져도 하지 말자. 지금 심정은 다시 보고 싶지 않은 사람이지만, 여지는 남겨 두자. 언젠가 시간이 지나면 화난 것도 잊고 서운한 것도 잊어서 아무 일 없었던 것처럼 “안

녕" 하고 인사하게 될지도 모른다. 그렇게 생각했다(단, 남녀 관계만은 예외다. 남녀 관계에서 발 끼우고 문 닫는 것은 비굴함과 찌질함과 질척거림의 삼단콤보일 뿐이다. 문짝이 부서지게 닫아도 된다).

얼마 전에도 둘이나 있었다.

야, 나한테 연락하지 마.

너랑 다시 아는 척 안 해.

그렇게 시원하게 말하고 싶었던 사람들이.

그러나 이번에도 탈무드의 교훈을 떠올리며 마지막 말은 참았다. 그랬더니 며칠 뒤, 한 사람은 사과를 하고, 한 사람은 아무 일 없었던 듯이 대했다. 며칠 푸르르 끓었던 화가 풀리고 마음이 편해졌다. 무 자르듯 자르지 않길 잘했다고 생각했다. 뭐, 둘 다 별로 내 인생에 영향을 미치는 사람들은 아니지만, 누군가와 나쁜 기억으로 관계를 마무리 짓는 것은 찜찜하다. 열린 관계로 헤어지는 것도 좋은 방법이다.

어찌 보면 치사한 방법이기도 하다. 마음속으로는 이미

차단해 놓고 겉으로는 문을 닫지 않은 척하는 것은. 그러나 사람은 또 어디서 어떻게 다시 만나게 될지 모르는 법. 게다가 온라인은 지하철 2호선처럼 돌고 도는 세상이라 외나무다리 원수처럼 마주치기 십상이다.

내가 싫어하는 사람은 오조오억 명이더라도 나는 누군가가 싫어하는 오조오억 명에 들어가기 싫은 게 사람의 마음.

헷갈리는 제목

1.

편집자가 심심할 때 읽으라고 책을 보내 주었다. 무척 재미있는 에세이였다. 단숨에 읽고, 정하에게도 읽으라고 권했다. 며칠 뒤, 번역 원고를 보내는 길에 잘 읽었다는 인사를 쓰려는데, 제목이 잘 생각나지 않았다.

명치…… 뭐더라? 생각하다가 확인하기 귀찮아서 '『명치**를**……』 정말 재미있게 잘 읽었어요'라고 써서 보냈다.

답장이 왔다.

『명치**가**……』를 재미있게 읽어 주셨다니 감사합니다.

헉! 그마저도 틀렸구나…….

뜨끔했다. 읽지도 않고 형식적인 인사를 한 것 같아서 얼굴이 몹시 화끈거렸다.

그런데 며칠 뒤, 정하가 읽다 놔둔 그 책의 제목이 눈에 들어왔다.

『명치나 맞지 않으면 다행이지』*

다행이다. 나만 틀린 게 아니었어.

2.

아, 얼마 전에는 "박정민 책, 『쓸데없는 인간』 어디 있더라?" 하고 찾았더니, 정하가 "『쓸 만한 인간』**이야"라고 정정해 주었다. 이 제목도 왠지 나만 틀릴 것 같지 않아…….

* 이지원, 『명치나 맞지 않으면 다행이지』, 민음사, 2016

** 박정민, 『쓸 만한 인간』, 상상출판, 2019

눈의 치매

인터넷 게시판에서 어떤 글의 제목을 보고 도저히 이해가 되지 않아 한참을 보았다. 클릭해서 내용을 보면 될 텐데 남부럽잖은 핑프*여서 '이게 무슨 말이지?' 하고 계속 들여다본 것이다. 그 제목은 이랬다.

〈전세계약이 얼마 남지 않았는데 집주인이 연락이 없어요.〉

* 핑거 프린세스·핑거 프린스의 줄임 말. 간단한 정보조차 스스로 조사하는 것을 귀찮아하는 사람을 뜻한다.

'전 세계(全世界)의 약(藥)'이 얼마 남지 않은 거랑 집주인 연락 없는 거랑 무슨 상관이지?' 궁금해하다 결국 글을 열어 보고서야 알았다. 붙여 쓴 문장을 보면 자동 띄어쓰기를 하는 직업병. '전세 계약'을 '전 세계 약'으로 띄운 것이다. 눈의 치매다.

고백하자면, 이 눈의 치매는 아주 가끔 번역할 때도 생긴다. 한번은 'バラード(발라드)'를 'パレード(퍼레이드)'로 읽고는 작가가 왜 뜬금없이 이 단어를 여기다 넣었을까 한참 고민한 적이 있다. 한번 '퍼레이드'로 인식되면 뇌는 좀처럼 '발라드'로 읽지 않는다. 내가 모르는 뜻이 또 있나 싶어서 영어 사전을 찾아보고 원서에 구멍 날 정도로 단어를 들여다보며 고민했다.

눈의 치매가 풀린 것은 몇 달 후 역자 교정지를 볼 때였다. 역시 이 단어가 걸려서 원서를 펴 보았다.

"아앗!"

나도 모르게 비명이 나왔다. 의심의 여지없이 퍼레이드였던 단어가 바로 발라드로 보였다. 그제라도 발견해서 다행이지만, 이 눈의 치매로 교정지에서조차 발견하지 못한 채 책으로 나간 일도 있지 않을까 생각하면 오싹하다.

눈의 치매는 뇌의 문제가 아니라 성격 문제 같다. 행동은 느린데 성격이 급하다. 그래서 인터넷에 들어가면 뉴스 헤드라인 한 화면을 한눈에 읽는다. 그러다 보니 '1. 삼시세끼 산촌편 2. 조커' 이렇게 나란히 있는 기사 제목을 '삼촌세끼 조카'로 읽기도 한다. 한심하다. 그러나 퍼레이드 사건으로 충격받아서 번역할 때는 천천히, 아주 천천히 본문을 읽고 있으니 안심해 주세요.

잡담입니다

1.

번역하다 후지산 이마(富士額)라는 말이 나와서 사전을 찾아보았다.

이마 가장자리가 후지산 봉우리처럼 생긴 것을 후지산 이마라고 한단다.

후지산 봉우리라면 'M' 자처럼 생긴 것?

인터넷에서 이미지를 검색해 보았다.

그랬다……. 그것은 'M' 자 이마, 내 이마였다.

낫 놓고 기역 자 검색했어.

2.

인터넷에서 어느 게시판의 목록을 보는데 제목이 '생각 보관법'이었다.

어머, 멋진 표현이네? 생각 보관법이라니…….

종이에 메모해서 보관하나?

컴퓨터에다 저장하나?

머릿속 서랍에 넣어 놓나?

제목만 보며 별별 상상을 하다 클릭해 보니 젠장,

'생각 보관법'이 아니라 '생강 보관법'이었다.

3.

역자 교정지를 보는데, 코딱지가 묻어 있었다. 편집자도 모르고 묻혀 놨을 테니 나중에 교정지 보다가 이것을 발견하면 내가 그런 줄 알겠지.

오해받긴 싫어서 내가 한 짓도 아닌데 깨끗이 닦아 주었다. 그래도 종이에 흔적이 남아서 수정테이프로 깔끔한 마무리까지.

편집자 코딱지까지 닦아 주는 세상에서 제일 친절한 번역가입니다.

4.

편지를 일본어로 '手紙'라고 한다. 중국어로는 화장실용 휴지를 '手紙'라고 한단다. 내가 보낸 '手紙'들은 편지였을까, 휴지였을까.

3장

남희 씨는 행복해요?

그런 아이였다 1

반에서는 어둡고, 눈에 띄지 않는 존재감 없는 아이였다.

소설 주인공의 초등학교 시절 얘기를 번역하다 '나네'라고 생각했다. 그러나 한 학급 인원 70~80명이던 개발도상국 시절, 반에서 삼분의 일은 그런 아이들이었으니 그 자체는 별로 특별한 일이 아니다. 내가 그 아이들과 다른 것은 부도가 나서 폭망한 부모님과 떨어져서 열 살 때부터 나이도 고만고만한 형제들끼리 서울에 올라와 자취를 했다는 점이다. 둘째 언니가 뒷바라지를 해줘서 밥하고 빨래는 하지 않았지만(언니, 고마워). 초등학교 시절 사진이 없어서 모르겠는데, 아마 한국전쟁 때의 고아 같은 행색이 아니었을까. 밝을래야 밝을 수 없던 시절이었다. 그래도 공부는 잘해서 기는 죽지 않았는데, 6학년쯤 되니 공부도 별로 못하는 아이가 되어 있었다.

인생의 전기(轉機)가 올 때는 머릿속에서 스위치가 탁 켜지는 소리가 들린다. 처음으로 스위치가 켜졌을 때는 혼자 중학교 입학식을 마치고 돌아오는 길이었다. 부모님 손잡고 돌아가는 아이들 속에서 경보하듯 버스 정류장으로 가며 느낀 감정은 초라함과 비참함이었다. 그때 스위치가 켜지듯 머릿속에 이런 생각이 떠올랐다.

'이렇게 살면 내가 하찮은 사람이 될 테고, 사람들은 하찮은 나를 벌레처럼 무시하겠지.'

버스 타고 오는 길에 나는 이런 다짐을 했다. 지금부터라도 지금까지처럼 살면 안 되겠다. 이제 '국민학생'도 아니고 어엿한 중학생이니까, 똑같은 교복을 입어서 내가 가난한 아이인지도 모르니까, 처음 만난 친구들은 내가 부끄럼쟁

이인 것도 모르니까, 용기 내어 새로운 내가 되어 보자. 열네 살의 나는 기특하게 인생 상향 프로젝트를 짰다. 그래서 입학식 다음날부터 열심히 공부해서 공부 잘하는 아이가 됐고, 친구들도 적극적으로 사귀었다. 어른이 된 뒤에도 연락을 주고받은 중학교 1학년 때 친했던 친구들은 의사가 되고 약사가 됐다. 나도 계속 그 환경에 있었더라면 어떤 직업을 갖게 됐을지 모르겠다. 아이의 삶은 어른에 의해 좌지우지된다. 은근히 파란만장한 인생, 중학교 때 또 한 번 급변하여 다들 다시 쪼르르 시골로 내려가게 된다.

그러나 어린 시절의 나는 의외로 긍정적인 인간이었다. 아홉 살 때 집이 망했을 때에는 '나도 위인전의 위인들처럼 가난해졌다. 나도 위인이 될 수 있어!' 하고 좋아했다. 중학교 때 환경이 바뀌었을 때에는 '우와, 소설 쓸 거리가 늘었다!' 하고 좋아했다.

이 아이는 자라서 위인은 되지 못했지만, 벌레처럼 무시당하는 일은 없는 어른이 됐다. 소설 쓸 거리는 계속 느는데, 아직 쓰지 못하는 게으른 어른이긴 하지만.

그런 아이였다 2

1.

대구에서 살던 미취학 아동 시절, 일찌감치 독학으로 한글을 뗀 똑똑한 내게는 궁금한 일이 한 가지 있었다. 다른 동네에 사는 외할머니는 한글도 모르고 숫자도 모르는데 어떻게 버스를 타고 우리 집에 오는 걸까. 그게 너무 신기했다. 대체 그 많은 버스 중에서 우리 집 오는 버스를 어떻게 알고 타는 건지. 혼자 곰곰이 생각하다 나름대로 납득이 가는 추리를 하고 할머니한테 확인해 보았다.

"할매, 빼스 올 때마다 운전사 아저씨한테 '아저씨, 남대구 우체국 가예?' 하고 물어보고 탔제?"

그러지 않고서야 숫자를 못 읽는 할머니가 우리 집 오는 버스를 알 리가 없다고 생각했다. 그러나 할머니의 대답은 허를 찔렀다.

"아이래. 빼스 번호 보고 타여. 짝대기 한 개, 똥글배이 한 개, 짝대기 한 개 있는 거 탔는걸."

버스가 101번.

2.

미취학 아동 주제에 한글 좀 안다고 인생 2회차처럼 옆집 만화방에 다니는 게 일과였다. 그리고 종종 101번 버스를 타고 혼자 외갓집에 다녔다.

그날도 101번 버스를 탔는데 이상하게 가도 가도 외갓집 동네가 나오지 않았다. 노선이 바뀐 것이다. 부모님이 그런 걸 가르쳐 주지 않았냐고 물으신다면, 부모님은 애가 집에 있는지 없는지, 밥을 먹었는지 안 먹었는지 관심도 없는 분들이었다. 개발도상국의 자식 많은 부모가 다 그랬는지 우리 집만 그랬는지는 모르겠지만. 덕분에 어린 시절부터 부모님과 떨어져 살아도 '엄마 보고 싶다, 아버지 보고 싶다' 이런 감정을 모르고 살았다. 의도치 않게 강하게 키우셨다.

그날 나는 결국 종점까지 가서 내리게 됐고, 낯선 동네에서 헤매는 나를 어떤 아주머니가 파출소에 데려다 주었다. 다행히 집 전화번호와 주소를 외우고 있어서 순경 아저씨가 "이노마, 디기 똑똑하네" 칭찬하며 집에 연락을 해 주었다. 아버지가 데리러 왔다. 순경 아저씨들에게 사례로 줄 청자 담배 세 갑 사서. 이 살인적인 기억력. 그걸 기억하는 것은 어린 마음에도 돈도 많이 벌면서 겨우 저걸 가져오나, 라고 생각했기 때문이다. 당시 우리 집은 목욕탕과 여관을 했다.

그때 내가 그 나이 아이들처럼 주소나 전화번호를 외우지 못했더라면, 나는 아마 영영 가족을 못 만났을지도 모른다. 부모님은 자식도 많으니 굳이 나를 찾지 않았을 테고. 만약에 그렇게 됐더라도 나는 나대로 알아서 잘 살았겠지만, 부모님은 내가 없는 노후를 어떻게 보냈을까. 아마 생각만 해도 아찔하실 거다. 자식 중에 유일하게 효도 유전자 칩을 박고 태어난 아이가 나였으니 말이다.

덜덜 떨었던 첫 강연

워낙 부끄러움이 많은 아이였다. 수업 시간에 책 읽기를 시키면 달달달 떨며 읽었다. 앞에 나가서 뭘 한다는 것은 상상할 수도 없었다. 그런 아이가 커서 아줌마가 되었다. 나이를 먹으면 넉살 좋게 잘 떠들 줄 알았는데, 여전히 사람들 앞에 서면 온몸에 진동이 온다. 많은 사람 앞에서 절대 말할 일이 없기를 바라며 조심조심 살아가고 있다. 그렇지만 일본 문학 번역이라는 일을 하다 보니, 가끔은 사람들 앞에 나서야 할 일이 생긴다. 해외 작가를 초대한 자리에 통역이나 대담 의뢰를 받거나 어떤 이슈가 생겼을 때 라디오나 TV 방송 출연 섭외가 오거나. 그럴 때마다 낯가림이 심하다, 사람들 앞에 서면 떨려서 말을 하지 못한다 등의 이유를 들어 정중히 사양한다. 감언이설로 설득하려는 사람들도 있지만, 절대 넘어가지 않는다. 아니, 넘어갈 수가 없다. 머릿속에 '개망신'이란 세 글자가 빙글빙글 돌아다니기 때문이다.

그런데 이런 내가 사람들 앞에 서서 강연을 한 적이 있다. 『번역에 살고 죽고』가 출간된 뒤였다. 대학 특강을 비롯하여 여러 곳에서 강연 요청이 들어왔다. 당연히 모두 다 거절했다. 마음이 약한 탓에 'NO'라는 말을 잘 못하는 나지만, 사람들 앞에서 말하는 것만은 절대 못 한다. 역시 지병인 진동 증세를 얘기하며 정중히 사양했다. 강연 요청한 곳이 어디인지는 중요하지 않다. 강연료를 얼마 주는지도 중요하지 않다. 어차피 죽어도 못 하는 일이니 물어도 소용없고, 들어도 의미 없다.

어느 지방 대학에서 세미나의 강연 요청을 했을 때도 나의 태생적 결점을 들며 정중하게 사양하는 메일을 보냈고, 그쪽에서도 내 뜻을 들어 주었다. 그런데 같이 요청받은 번역가 중 한 사람이 전화로 끈질기게 설득을 하는 것이다. 나의 진동 증세를 아무리 얘기해도 통하지 않았다. 통화한 지 30분이 지났는데도 내가 오케이 하기 전에는 끊을 기미가 없었다. 마침 목감기가 심해서 내 목에서는 나도 처음 듣는 희귀한 소리가 나고 있는데, 그분은 그걸 다 견뎠다. 그러고 마지막으로 결정적 한 방을 내뱉었다.

"못 한다고 포기하는 것을 딸이 따라 하면 어떻겠어요? 딸한테 용기 내서 도전하는 모습을 보여 봐요!"

결국 설득에 넘어가서 하겠다고 해버렸다.

각 언어권의 훌륭한 번역가 세 분과 서울역에서 만나서 KTX를 타고 목적지로 향했다. 서로 초면이었지만, 활자로 이름은 익히 아는 사이여서 초면의 어색함도 없이 짧은 여행을 즐겼다. 두 분은 교수님이고, 한 분은 강의 경험이 많은 분, 넷 중 나만 인간 진동기에 첫 강연이다. 무모한 짓을 하는 거라고 후회하기에는 이미 늦었다. KTX는 대학이 있는 지방 도시에 도착한 뒤였고, 시간은 흘러 세미나는 시작됐다. 앞선 분들이 훌륭한 강연을 이어 갈 동안 고개를 푹

숙인 채 '망했다, 왜 왔을까'만 되뇌었다.

드디어 내 차례가 됐다. 달달달 떨리는 몸을 이끌고 학생들 앞에 섰다. 정신 없는 와중에도 나를 보고 있는 학생들의 눈빛이 얼마나 반짝반짝하고 초롱초롱한 별빛처럼 빛나던지. 속으로 '아, 예뻐라!' 감탄했다.

나의 첫 강연 첫 마디는 "일문과 학생들 손 들어보세요?"였다. 여러 과에서 온 학생들 중 일문과가 제일 많았다.

"다 저 보러 오셨죠?"

이어진 질문에 학생들뿐 아니라 교수님들도 빵 터졌다. 물론 준비된 멘트는 아니었다. 그냥 뜬금없이 나온 헛소리였는데, 그들의 웃음소리 덕분에 긴장이 많이 풀렸다. 긴장이 풀리고 나자 조금은 솔직한 이야기를 할 수 있었다.

여기 함께 오신 분들은 모두 외국에서 박사 학위를 받으신 교수님(그 학교의 교수님 한 분 더 참석)이지만, 나는 그냥 조촐하게 대학만 나와서 이 분들과 지금 이렇게 나란히 있다. 여러분이 어떤 일을 하고 싶을 때 학교 이름을 멍에라고 생각하지 않았으면 좋겠다. 열정이 있고 실력만 있으면 출신 학교는 그리 걸림돌이 되지 않는다.

인생 선배로서의 조언을 하고 나서는 번역할 때의 사소한 스킬을 몇 가지 설명하는데 강연 시간이 초과됐다. 떨지 않고 잘했느냐면 아니다. 결단코 그렇지 않다. 강연 중에 "아, 떨려서요"를 몇 번이나 말했는지 모른다. 시간이 지날수록 긴장이 풀리고, 생각했던 것보다 마음도 편했는데 목소리는 계속 덜덜 떨렸다. 역시 강연하면 안 되는 체질이다. 그럼에도 학생들의 반응은 나쁘지 않았다. 나중에 뒤따라온 조교가 "선생님 강연이 제일 재미있었어요. 학생들이 제일 좋아했어요"라며 날 치켜세운다. 그야 가장 쉬운 말로 가장 쉬운 얘기를 가장 현실적으로 했기 때문에 재미있게 듣지 않았을까 싶다. 교수님들의 학문적인 얘기는 어렵고 지루하니까(웃음).

과정이야 어찌됐든, 정말 귀하고 소중하고 아름다운 첫 경험이었다. 그로부터 며칠 뒤, 강연을 들은 학생에게 메일 한 통이 왔다.

실제로 뵙게 되면 어떤 모습일지 특강 전부터 가슴 설레며 기다렸는데, 강의실로 들어오시는 모습을 보고 정말

깜짝 놀랐어요.

인터넷이나 책에 실려 있던 프로필 사진이랑 똑같이 예쁘고 단아하신 데다 특히나 어제 입고 오신 블랙 원피스랑 진주 목걸이가 너무너무 잘 어울리셔서 속으로 감탄을 금치 못했답니다. 선생님 스피치도 인상적이었어요.

뭔가 꾸밈이 없고, 솔직하고, 그러면서 번역하는 데 좋은 포인트를 잘 짚어 주셔서 참 좋았답니다.

다음에는 선생님 강연을 좀 더 길~게 들을 기회가 있었으면 좋겠어요.

언니한테 블랙 원피스랑 진주 목걸이를 빌리길 잘했다. 메일을 읽으니 그 반짝거리던 예쁜 눈빛들이 생각났다.

모든 것이 감동이었지. 아, 도전하길 잘했어, 정말 좋은 경험을 했어.

나름 행복한 마음에 젖어 있을 때쯤 세미나에 같이 참석한 교수님을 통해 또 강연 요청이 들어왔다. 교수님은 그날 강연과 똑같이 해주면 된다고 덧붙이며 다시 설득에 나섰다. 더군다나 이번에는 서울 소재 대학이다. 번뜩 예전 코

미디 프로그램에 나오던 '리바이벌은 절~대 안 해요'라는 대사가 떠올랐다. 실제로도 리바이벌은 절대 하지 않았으면 좋았을 텐데.

같이 기차를 타고 오갔던 정에 마음이 약해져서 하겠다고 했다. 아니, 요즘 말로 표현하자면 '첫 강연 뽕'이 빠지지 않아서였을지도 모른다. 심지어 강연하러 가는 동안 전처럼 떨지도 않았다. 뽕이란 게 그렇게 무섭다. 그러나 전보다 몇 배 더 많은 학생들 앞에 서는 순간, 다시 목소리가 달달달. 심장마비로 이 자리에 쓰러질 수도 있겠구나 싶었다. 규모가 커져서인가. 서울이라 그런가. 반짝반짝 초롱초롱한 눈빛들은 더 이상 없었다. 그제야 현실로 돌아왔다.

그렇게 나의 강연은 한 달 동안 두 번을 하고 빠르게 폐업했다. 강연료는 번역료에 비할 바가 아니어서 이참에 스피치 학원을 다녀서 강연을 해 볼까 하는 생각도 잠깐 들었다. 잔잔한 듯 파란만장한 듯한 삶과 번역 이야기를 팔고 다니면 괜찮겠는걸…… 싶었지만, 역시 무리다. 덜덜 떠는 나도 나지만, 듣는 사람들은 얼마나 불편하겠는가. 다행히 착한 대학생들은 강연이 좋았다고 말해 주었지만, 유료로 하는 강연이었다면 환불해 달라고 했을지도 모른다.

그렇게 강연은 아득히 먼 추억으로만 간직하고 있다.

번역하는 아줌마

모 월간지에서 '쓰는 공간'이란 테마로 인터뷰를 하고 싶다는 의뢰가 들어왔다. '작가나 번역가들은 집에서만 일하는 게 아니라, 노트북을 들고 나가 카페나 공원이나 호텔이나 기타 등등 다양한 장소에서 작업할 텐데, 권남희 선생님은 어떤 공간에서 작업하는지, 그 공간에서 인터뷰하고 싶다'는 의뢰였다.

아유, 저는 거의 은둔형 외톨이라서 그런 곳이 없는데 말입니다…….

그러나 기자의 메일이 너무나 정성스러워서 거절하기 미

안했다. 동네 아무 카페나 가서 "기분 전환 삼아 종종 여기에 나와서 일해요" 하고 그녀의 취재에 협조할까 생각도 했지만, 양심껏 사양했다. 나를 아는 사람이라면 내가 역사 깊은 집순이란 걸 다 아는데, 어디다 대고 사기를 치겠는가.

평소 집 밖을 벗어나서 일하는 경우는 거의 없다. 동물병원에 노견 나무의 미용을 맡기고 두어 시간 동안 병원 옆 카페에서 일할 때는 있지만, 순수하게 일을 하기 위해서 나가는 일은 없다. 사실 요즘엔 좀 나가서 일하고 싶은 날도 있지만, 노견을 돌봐야 하는 탓에 나가지 못 한다.

그렇다고 나의 쓰는 공간인 집에 여느 작가나 번역가들처럼 책이 빽빽한 책꽂이에 커다란 책상이 있는 널찍한 서재가 있는 건 아니다. 거실에 놓인 책상이 전부다. 번역하는데 책상 하나면 되지, 뭐.

일하고 있으면 시시때때로 나무가 와서 놀아 달라고 매달린다(지금은 눈이 멀어 매달리지 못 하지만). 딸 정하는 책상과 나란히 있는 소파에 앉아 재잘거린다.

나도 명색이 번역가인데 이제 폼나게 책방 겸 수납 공간으로 쓰는 방을 작업실로 꾸밀까 생각해 봤다. 그러나 습관이라는 게 무섭다. 개랑 아이와 같이 있는 공간에서 자유롭게 일하는 게 몸에 배서 각 잡힌 공간이 영 어색하다. 방바닥에 엎드려서 책 읽는 체질인 사람은 책상에 앉아서 책 읽는 게 불편한 것과 같은 이치다. 그러니 내게는 거실 한 귀퉁이가 최적의 공간이다.

잊을 만하면 한 번씩 '번역가의 서재'를 취재하고 싶다는 의뢰가 들어온다. 그럴 때마다 나는 "죄송합니다. 서재가 없어서요" 하고 거절하지만, 정말 없어서 거절하는 거라고는 믿지 않는 눈치다. 믿지 못해도 어쩔 수 없다. 참고로 내 작업 공간은 이렇다. 책상을 중심으로 왼쪽에는 주방, 오른쪽에는 거실. 앞에는 텔레비전, 옆에는 소파, 발밑에는 멍멍이. 주부미(主婦美)가 철철 넘쳐 난다. 이러니 따뜻한 번역이 절로 나오는 게 아닐까?(웃음)

그래서 나는 번역가라는 수식어보다 '번역하는 아줌마'라는 말이 더 좋다.

이제 인정하자

프로필 사진을 찍으러 갔다. 어느 매체에서 원고와 함께 웃는 사진을 보내 달라고 하는데, 사진 찍는 걸 싫어해서 웃는 사진이고 우는 사진이고 하나도 없다. 거울을 보면 그렇게 좌절할 정도의 얼굴은 아닌데 사진 속의 얼굴은 너무나 이상하다. 게다가 카메라 앞에서 일으키는 사후경직 증세 때문에 더 절망스러운 얼굴이 나온다.

오래전에 어떤 곳에서 인터뷰 사진 찍을 때도 그 점을 강조하며 부디 잘 찍어 달라고 당부, 사정, 협박, 애걸했다. 그랬더니 "아, 걱정 마세요. 조인성도 내가 찍은 사진을 보더니 최고라고 했다니까요"라고 했다.

아니, 자그마치 조인성이면 발로 찍어도 잘 나오지 않을까요.

프로필 사진을 찍으러 가서 그런 전적을 얘기하며 잘 찍어 달라고 몇 번이나 부탁했더니 사진 기사님이 그랬다.

"나를 믿으세요. 나를 믿어야 사진이 예쁘게 나와요."

아아, 기사님, 기사님을 못 믿는 게 아니에요. 내 얼굴을 못 믿는 거지.

어느 글에선가 읽었는데 자신이 보는 얼굴과 남이 보는 얼굴이 다르기 때문에 사진을 보고 좌절하는 거라고 한다. 그 말이 맞는지도 모르겠다. 남의 사진을 보면 생긴 거랑 똑같이 나온 것 같은데 당사자는 못 나왔다고 동동거리는 걸 보면 '아니, 대체 자기가 얼마나 예쁜 줄 아는 거야?' 싶을 때가 있다(특히 내 딸). 본인의 얼굴은 거울이나 사진으로만 보니 남이 보는 얼굴이 정확할지도 모른다. 사진이 못 나온 게 아니라 그냥 생긴 대로 나온 거라고 이제 인정해야 한다. 그동안 사진 찍을 때마다 사진빨 안 받는다고 기자님 혹은 기사님에게 징징댔던 과거를 참회합니다.

나무늘보가 느린 이유

나무늘보의 늘보는 '느림보'라는 뜻이다. 일본어로는 '怠け者', 게으름뱅이를 뜻한다. 영어로는 'Sloth', 이것도 나태 혹은 태만이라는 뜻이다. 전 세계에서 붙인 나무늘보의 이름이 대부분 이런 의미일 것이다. 나무늘보 입장에서는 원래 이렇게 살도록 태어난 것뿐인데, 인간들에게 느림보네 게으름뱅이네 불리는 게 얼마나 억울할까.

똑같이 느림보인 거북이는 토끼를 이긴 이솝우화로 성실과 노력의 아이콘이 됐지만, 불쌍한 나무늘보는 매일 나무에 매달려 18시간씩 잠을 자다가 게으름뱅이의 아이콘이 돼 버렸다. 알고 보면 나무늘보는 체온 조절도 하지 못하고,

신진대사가 다른 동물에 비해 느린 탓에 먹이를 먹고 소화하는데 16일이나 걸린다고 한다. 그래서 움직임을 최대한으로 줄이고 최소한의 에너지만으로 살아가느라 애쓰는 것이다. 동물이 느린 것도 빠른 것도 나름대로 찾은 생존 방법일 뿐.

언젠가 텔레비전에서 나무에 매달린 나무늘보가 새끼 낳는 모습을 본 적이 있다. 새끼가 머리를 내밀었을 때부터 몸을 앞으로 구부려서 계속 핥으며 엄마 배 위로 오도록 유도했다. 새끼가 완전히 바깥세상으로 나오자 나무늘보는 세상없이 열심히 핥아 주었다. 움직임을 아껴야 사는 나무늘보도 새끼 앞에서는 이렇게 부지런해졌다.

나무에 매달려서 가만히 있는 나무늘보를 보면 깊은 생각에 잠긴 동물 같다. 도 닦는 것 같기도 하고, 철학을 하는 것 같기도 하다. 정작 당사자는 생각하는 것조차 귀찮아서 아무 생각 없이 매달려 있을지도 모르고, 언제 포식자가 나타날까 두려워하고 있을지도 모르지만(그러나 언제나 귀엽고 태평스러운 표정으로 보아 그렇진 않은 것 같다).

나무늘보를 보면 나를 보는 것 같다. 남들이 보기에는 집

밖으로 나가는 일 없이 종일 집 안에만 있는 내가 느리고 게을러터져 보일지도 모르지만, 나는 그 긴 세월 나름대로 쉬지 않고 번역만 하며 성실하게 가장 노릇을 하고 있다. 동물이나 인간이나 자기 가치관과 다르게 산다 하여 부정적인 평가를 하는 것은 교만이다. 그래서 나는 나무늘보의 마음을 대변해 주고 싶다. 나무늘보는 지금 최선을 다해서 열심히 살아가는 중이라고.

이번 생, 망작은 아니었다

내 나이 쉰 살이 되던 해에 월간지 인터뷰를 했다. 카메라 앞에만 서면(그것이 휴대전화 카메라일지라도) 사후 경직을 일으키듯 얼굴이 굳어지니 사진도 신경 쓰이고, 긴장하면 헛소리를 많이 해서 기사도 신경 쓰인다. 그동안의 경험으로 보아 인터뷰한다고 살림에 보탬이 되는 것도 아니고, 일이 더 들어오지도 않았다. 또 하나의 흑역사만 생성됐다. 그래서 메일 제목에 '인터뷰'가 보이면 거절할 문구를 생각하면서 메일을 연다. 그 정도로 인터뷰는 사양하는데 용감하게 이 인터뷰에 응했다. 반백 년 산 기념으로 월간지에 사진 한 장 남기는 것도 의미 있을 것 같아서였다. 사진이 잘 안 받는다고 걱정했더니 친절한 기자는 사진을 아주 잘 찍는 전문가여서 무조건 잘 나온다고 안심시켜 주었다. 현대 기술은 원판불변의 법칙도 깨는 줄 알고 냉큼 믿었다.

인터뷰 당일, 기자가 지정해 준 압구정동의 연예인들 다니는 미용실에서 헤어와 피부 메이크업도 받았다. 그뿐만 아니라 코디네이터 두 분이 의상과 구두까지 가져와서 입혀 주고 신겨 주었다. 전문가들의 손길은 변두리 동네 아줌마를 순식간에 중년 탤런트 빰치게 만들어 놓았다. 어디까지나 내 착각입니다만.

아, 역시 사람은 머리빨, 옷빨이야.

……라고 자아도취에 빠질 새도 없이 카메라 앞에서 경직된 세포들은 일그러진 형상을 만들었다. 나의 적은 나였어.

스튜디오에서 사진 촬영을 마친 뒤, 카페로 자리를 옮겨 인터뷰를 했다. 인터뷰라기보다 대화가 잘 통하는 기자와 나누는 사담에 가까웠다. 어떻게 기자가 되었는지, 전공은 무엇이었는지, 어떨 때 기자로서 보람을 느끼는지 물어보

왔다. 인터뷰를 받으러 간 내가 인터뷰를 하고 있었다. 집에서 혼자 일하다 오랜만에 바깥세상에서 사람을 만나니 수다가 그리웠던 게다. 이윽고 내 수다에 장단을 맞춰 주던 기자가 질문을 시작했다.

"사람들이 권남희 번역을 찾는 이유가 뭐라고 생각하세요?"

"아하하, 제 입으로 말하기 민망한데, 어, 제 번역이 따스하다는 말을 가끔 들어요. 그래서가 아닐까요. 운 좋게 훈훈한 작품들을 만난 덕이 크겠죠."

선 자랑, 후 겸손으로 이어진 나의 답변.

"번역할 때와 내 글을 쓸 때, 언제가 더 행복하세요?"

"번역하는 사람이니까 번역할 때 더 행복해요. 딱히 내 글이라고 할 만큼 무게 있는 글을 쓰는 것도 아니고요."

"다시 태어나면 결혼할 건가요? 엄마가 되고 싶으세요?"

"다시 태어나고 싶지도, 또 결혼을 하고 싶지도 않지만…… 그래도 다시 태어난다면 정하 엄마로 살고 싶어요."

내 입으로 말해 놓고, 제 바람에 울컥하여 눈물이 주르륵 흘러내렸다.

기자는 엄마로서의 삶, 번역가로서의 삶, 권남희로서의 삶에 관한 질문들을 했다. 반백 년 산 기념으로 받은 인터뷰에 딱 걸맞는 질문이었다. 돌아오는 길에 오랜만에, 아니 어쩌면 처음으로 지난 삶을 돌아보았다. 그리고 생각했다.

이번 생, 그다지 망작은 아니구나.

남희 씨는 행복해요?

대학 동창이었던 남자 사람에게 졸업한 지 몇십 년 만에 전화가 왔다.

출판사에 전화해서 편집자를 사칭하여 연락처를 물었다고 한다. 지금은 고향에 내려가서 살지만, 전직 편집자였긴 하다.

전쟁 때 헤어진 사람들 생사 확인하듯 안부 인사를 주고받은 뒤, 그는 이렇게 물었다.

"남희 씨는 행복해요?"

그 질문이 뭐라고 듣는 순간 눈물이…….

휴대전화를 귀에서 떼고 사이를 두었다가 애써 웃음으로 얼버무리며 농담처럼 대답했다.

"갱년기에 행복할 일이 뭐 있겠어요."

그랬더니,

"앗, 그 말에 내가 왜 눈물이 나지"라고 하며 금세 전화 저쪽의 목소리가 젖었다. 대학 시절 소녀 같던 모습만 생각나는데, 갱년기라는 말이 너무 슬프단다.

이런저런 얘기를 하다 기억이 소실된 부분이 있다며 동창이 물었다.

"우리가 사귀었나요?"

너 혼자 나 좋아했잖아요, 라는 말은 삼키고,

"하하하, 아니요. 좋은 친구였죠"라고 대답했다.

나도 제법 어른이 됐다.

타과생인 내가 강의실 맨 뒷자리에 앉았다가 끝나자마자 튀어나와서 저만치 가고 있는데, 3층에서 창밖으로 몸을 내밀고 "권남희 씨! 남희 씨! 남희 씨!" 하고 목청껏 부르던 게 생각난다. 나는 '아, 쪽팔리게' 하면서 못 들은 척 지나갔지만. 그런 기억도 소실됐을 테니 다행이다.

열심히 놀지도, 열심히 공부하지도, 열심히 연애하지도 않고 맨숭맨숭 보낸 대학 시절에 그나마 벚꽃잎 같은 아련한 추억이다.

서로 잘 지내라고 인사하고 전화를 끊었다. 추억 속의 사람들은 잠시 소환했다가 제자리에 돌려 놓는 게 좋다. 긴 공백은 무엇으로도 메우지 못한다. 안부는 바람을 통해 듣도록 하자.

그 시절 내가 알던 모든 사람들이 50대가 된 지금도 하늘 아래 어디선가 행복하게 잘 살고 있기를 기도한다. 나는 잘 지내요.

동창회에 가지 않는 이유

무라카미 하루키의 고민 상담소 사이트가 열렸을 때, 한 독자가 물었다. 하루키 씨도 동창회에 나가세요? 하고.

그러자 하루키는 이렇게 대답했다.

"나는 동창회 같은 데 나간 적이 없습니다. 과거로 돌아가는 걸 별로 좋아하지 않아서요."

최근에 번역 중인 미우라 시온의 소설『마호로역 앞 번외

지(원제:まほろ駅前番外地)』*에는 이런 대화가 나온다.

"동창회 간 적 있어요?"
"아뇨. 보고 싶은 사람 있으면 개인적으로 보면 되고, 몇십 년이나 만나지 않은 사람들하고 무슨 얘기를 해야 좋을지 몰라서."

동창회에 가지 않는 사람들은 생각이 다 비슷한가 보다. 나도 같은 이유로 동창회에 한 번도 가본 적이 없다.

* 미우라 시온, 권남희 옮김, 『마호로역 앞 번외지』, 은행나무, 출간 예정

사람 잡는 갱년기

버스를 기다리는데 앞에 선 할머니가 친구 분한테 이런 얘기를 하신다.

"우리 딸이 쉰세 살이잖아. 너도 이제 곧 갱년기가 될 텐데, 그때 되면 참 힘들 거야, 그랬더니 '엄마, 나 벌써 갱년기 지나갔어' 이러더라고. 그래서 '아유, 엄마한테 말을 하지. 그 힘든 걸 어떻게 혼자 견뎠어' 하고 뭐라 그랬잖아. 네가 아프면 내가 괴롭다고. 세상에 한마디도 힘들다 소리를 하지 않아서 난 몰랐지 뭐야. 혼자 힘들었을 생각하니 얼마나 마음이 아프던지."

사춘기 딸 걱정하는 엄마는 많이 봤지만, 갱년기 딸 걱정하는 엄마는 드라마에서도 본 적이 없다. 그런데 바로 눈앞에서 바스러질 듯 작은 몸의 노모가, 버스가 언제 오나 고개를 빼고 있는 친구에게 갱년기를 혼자 견딘 딸에 대한 안쓰러움과 대견함을 얘기하고 있다. 저런 엄마가 있는 딸 참 좋겠다, 하고 이 나이에 남의 엄마를 부러워했다.

말이 나온 김에 말이지만, 나도 갱년기가 초절정일 때 많이 힘들었다. 딱 50이 되던 해였다. 정하가 집에 있을 때는 아무렇지 않은 척 책상에서 일을 하다가, 정하가 나가고 나면 소파에 널브러져서 유튜브(주로 국카스텐 공연)를 보며 (죽고 싶은) 마음을 진정시켰다. 그래서 정하는 한 해가 다 가도록 내가 얼마나 마음이 아픈지 알지 못했다.

그 해를 무사히 넘기고 마음이 밝아졌을 때, 사십대 중반의 친한 편집자와 번역가에게 그런 얘기를 했다.

"50이 되면 나한테 술 사 달라 그러세요. 그 나이 되면 마음이 너무 힘들어요. 나는 혼자 이겨냈지만, 내가 아는 사람들이 50이 되면 무조건 챙겨 줘야겠다는 생각이 들더라고요.”

작년에 탤런트 전미선 씨가 세상을 떠났다. 그렇게 아름답고 능력 있는 사람이 왜? 하고 놀라서 기사를 읽다가 그녀 나이를 보고 조금 이해가 갔다. 향년 50세. 똑같은 무게가 어느 때는 더 무겁게 느껴지고, 똑같은 어둠이 어느 때는 더 짙게 느껴질 때가 있다. 평소에는 거뜬히 이겨내던 것들도 견디기 힘들어질 때가 있다. 이를 우울증이라 하고, 갱년기라고 하지만, 50이 되도록 열심히 살았으니 지칠 때도 된 것이다. 한 번쯤 주저앉아 엉엉 울 때도 된 것이다. 옆에 50세 사람이 있거든 어지간하면 개기지 말아요. 버티는 것만으로도 힘들지 모르니.

이놈의 슬럼프

1.

쓰고 싶은 말은 많은데 주어, 조사, 목적어, 동사가 각기 제멋대로 머릿속을 떠다녀서 도무지 문장 만드는 데 협조하지 않는다. 생각은 돌팔이 점쟁이가 쌀점 친다고 뿌린 쌀알처럼 산만하게 흩어져서 정리가 안 되고.

이놈의 슬럼프.

2.

번역하는 소설 속에서 아흔 살 먹은 할머니가 밭을 갈다가 이런 독백을 한다.

'그때부터 내 인생은 흑백텔레비전처럼 색을 잃어버렸다.'

그 표현에 가슴이 아려서 일하던 손을 멈추었다.

그래, 살다 보면 있지. 흑백텔레비전처럼 색을 잃어버리는 시기가.

아흔 살까지 살고 싶진 않지만, 인생의 마지막에 삶을 돌아볼 때 '내 인생은 컬러텔레비전처럼 때깔 좋았다'라고 기억할 수 있었으면 좋겠다. 혹시라도 고장 나서 색을 잃어버리면 AS를 받아야지. 짱짱한 화질의 컬러가 죽을 때까지 나오도록.

3.

소설 『카모메 식당』을 번역하면서 핀란드 가고 싶어라! 노래를 했는데, 영화 〈카모메 식당〉의 세 여인 중 단발머리

가타기리 하이리가 쓴 에세이 『나의 핀란드 여행』*을 번역하면서 핀란드 진짜 가고 싶다! 그랬는데,

마스다 미리의 에세이를 번역하는데 핀란드 여행 얘기가 또 나왔다.

아, 날 죽이세요.

인제 핀란드 갔다 온 사람하고 싸우면 이길 수 있을 것 같아. 서울보다 더 빠삭해졌어.

4.

외로움을 잘 견디는 사람이 또 있으면 좋겠구나.
작은 집 나란히 짓고 살게. 겨울 산골에서.

일본의 승려 시인인 사이교(西行)의 시다.

* 가타기리 하이리, 권남희 옮김, 『나의 핀란드 여행』, 은행나무, 2013

"저요!" 하고 지원하고 싶지만, 그는 천 년 전에 살았던 할아버지.

5.

사람들 앞에서 긴장했을 때, 나는 쓸데없는 이야기를 계속 주절거린다. 아무런 맥락도 없이 줄줄이 화제를 올리면서 '아, 지금 눈앞에 있는 이 사람은 분명 지겨워하고 있을 거야.' 생각한다. 생각하지만 주절거림을 멈추지 못하고, 돌아오는 길에는 창피해서 어쩔 줄 모른다.

이건 내가 봐도 누가 봐도 내가 쓴 글인데,
내가 번역한 글.**

** 위 글은 '마스다 미리, 권남희 옮김, 『평범한 나의 느긋한 작가 생활』, 이봄, 2015'의 일부분이다.

내게도 익숙한 새벽 세 시

야행성인 내게 새벽 3시 이후의 시간은 참으로 애매모호하다. 눈은 졸린데 머릿속은 초저녁이다. 글을 하나 쓰기에는 시간이 어중간하고, 그냥 자기에는 시간이 아깝고 그렇다고 안 자면 다음 날 몸이 힘들다.

꿀 같은 새벽 시간, 뭐하지? 뭐할까? 갈등하다, 창밖으로 지나가는 차 소리가 많아지고, 해가 슬슬 출근할 무렵이면 결국 아무런 한 일도 없이 잠이 든다.

다음 날 일어나서 몹시 후회한다. 그러다 그날도 새벽 3시쯤 되면 뭐하지? 뭐할까? 갈등하다 아침 기운과 함께 잠이 든다. 나는 의외로 상당히 규칙적인 생활을 하는 것 같다.

4장

자식의 마음은 번역이 안 돼요

사진은 사절

"자기 자식 자기네 부부나 예쁘지
자식 사진 보내는 거 극혐이야.
귀엽지도 않은 애를 보고 대체 뭐라 해줘야 하는 거야."*

하고 지인들 자식 사진에 흥분하는 사람이 자기네 개나 고양이 사진은 펑펑 보낸다는 이야기가 인터넷 게시판이 아니라 번역하는 책에 나와서 빵 터졌다.

사람 마음은 국적과 관계없이 다 똑같구나.

* 무레 요코, 권남희 옮김, 『나랑 안 맞네 그럼, 안 할래』, 이봄, 2019

주객이 전도하다

1.

길치인 정하가 처음으로 혼자 일본 여행을 갈 때였다.

걱정이 돼서 계속 이것저것 주의를 주었더니 이런다.

“엄마, 나 영어도 못 하던 초딩 때 나리타에서 환승하며 혼자 미국까지 갔다 왔어. 이제 스물두 살이고 일본어도 할 줄 알아. 왜 걱정하는 거야.”

“네가 한국말을 못 해서 맨날 길 헤매냐.”

정하보다 더 길치인 내가 그런 잔소리할 계제는 아니지만…….

2.

은둔형 외톨이를 지향하는 집순이 주제에 감히 번개를 쳤다. 김하나 작가, 정세랑 작가, A출판사 대표, B출판사 이사 등 핫한 여성 4인과 종로의 한 술집에서 이른 저녁술을 마시기로 한 것이다.

번개 날 아침에 일어나서 주섬주섬 이불을 치우며 중얼거렸다.

"아, 뭔가 거국적인 날 같아."

그랬더니 그분들의 팬인 정하가 엄마가 나가서 주책 부릴까 걱정되는지 한마디한다.

"가서 말 많이 하지 말고, 자식 자랑하지 말고, 겸손하게 있다가 와. 그분들이 어떻게 성공했는지 어떤 생각하며 사는지 잘 듣기만 해."

외출할 때 잔소리 듣는 자식들 마음이 이런 거구나 싶더라고요.

너의 엄마를 졸업한다

예전에 마이니치신문의 독자란에 이제 그만 졸친(卒親)을 하겠다는 한 어머니의 글이 올라온 적이 있다. 그녀의 닉네임도 '지친 엄마'. 나이는 55세. 비슷한 세대여서 제목만 봐도 끄덕거려졌다. 글의 요지는 이랬다. 충치가 생기지 않도록 어릴 때부터 양치질 습관을 들여 놓았더니 커서는 양치질도 하지 않는 성인으로, 매일 밤 책 읽어 주며 독서 습관 들여 놓았더니 휴대전화 아니면 활자라고는 읽지 않는 성인으로, 학교 급식표를 붙여 놓고 메뉴 중복되지 않도록 영양소 신경 쓰며 키웠더니 컵라면을 제일 좋아하는 성인으로, 환경의 소중함을 가르쳐 주려고 환경 운동도 같이 했는데 방을 쓰레기장으로 해 놓고 사는 성인으로 자란 자식을 보며 '지친 엄마' 님은 이제 그만 엄마를 졸업하겠다고 졸친 선언을 했다. 졸친하는 길에 마지막으로 아들에게 한마디 하고 싶다며 이렇게 덧붙였다.

"노력이 전혀 열매 맺지 않는 세계가 있다는 걸 가르쳐 주어서 고~맙다."

뜻대로 되지 않는 것의 '갑 오브 갑'이 자식이지 않을까. 하지만 자식도 제 뜻이란 걸 갖고 태어났으니 부모 뜻대로 되지 않는 게 당연할지도 모른다. 뜻과 뜻이 일치하면 다행이지만, 대부분 충돌하니 꺾이든가 꺾든가 해야 한다.

정하가 중고등학교 때 이런 말을 종종 했다.

"나 같은 딸 만난 걸 고맙게 생각해. 착하지, 공부 잘하지, 개념 있지."

그런 말을 들을 때면 내 머릿속이 바삐 돌아간다. 이럴 때 뭐라고 해야 교육에 좋을까. 내 마음의 소리를 그대로 하자면 "웃기시네"이지만, 사임당을 지향하는 배운 사람으로서 그렇게 말할 수는 없다. 영혼 없는 교육용 멘트로 "맞아, 엄마도 그렇게 생각해. 고맙다"라고 말한다. '지친 엄마' 님의

'고~맙다'와 같은 느낌, 같은 밀도, 같은 감성으로. 정하 말이 틀린 것은 아니다. 정말로 착하고 똑똑하고 개념 있고 효녀다. 그러나 지랄 총량의 법칙이 있다고 하지 않는가. 예쁠 때 이외에는 엄마를 괴롭히는 게 자식이다. 지랄 총량을 맞추느라. 어쨌든 '지친 엄마' 님, 졸친을 축하합니다. 누누이 하는 말이지만 자식은 내려 놓아야 한다. 그게 쉽지 않아서 자식을 애물단지라고 하지만.

우리 동네 훈육대장

동물병원에 노견 미용을 맡긴 동안, 옆 카페에서 교정지를 보기로 했다. 오전 시간이라 카페에는 손님도 별로 없고 조용했다. 작업하기 더없이 좋은 환경이라고 콧노래를 부르며 일을 시작했는데, 얼마 안 있어 옆자리에 아기 띠를 멘 두 사람이 와서 앉는다. 아기들 귀엽네, 시끄럽지만 두 사람쯤이야 하고 있는데 또 오고, 또 온다. "누구 님이세요?" "누구 님이구나!" 하는 걸 보니 맘 카페 번개를 하는 모양이다. 망했다. 그러나 카페란 곳이 그러라고 있는 것이지. 이럴 때는 내가 자리를 옮기는 게 옳다. 벌떡 일어나면 화나서 옮기는 것 같을까 봐 느릿느릿 교정지를 챙기는데, 한 아이 엄마의 훈육하는 소리가 귀에 들어왔다. 우와, 태어나서 그렇게 오글거리는 훈육은 처음 들었다. 게다가 너무 어이없는 훈육이어서 나는 잠시 동작을 멈추고 귀를 기울였다.

"○○의 입은 예쁜 말만 하라고 엄마가 예쁘게 만들어 준 입이지? 그렇게 예쁜 입으로 이렇게 소리를 지르면 돼, 안 돼?"

훈육을 듣는 아이는 유모차 안에 누워 있는 7~8개월쯤 된 아기였다. 기분 좋아서 옹알이 한 번 크게 했다가 봉변을 당하고 있다. 그 아기의 소리를 시끄럽다고 생각한 사람은 카페 안에 아무도 없었을 텐데.

물론 애가 카페 안을 시끄럽게 뛰어다니는데도 아무런 제지를 하지 않는 엄마에 비하면 백배 훌륭하다. 그렇긴 하지만 저런 오글거리는 대사로 훈육까지 할 일인가. 같이 있는 또래 엄마들도 듣기 민망해하며 한마디씩 했다.

"이 월령에 훈육을 해요?"

"애기가 못 알아듣지 않나?"

그러자 아기 엄마는 자신 있게 대답했다.

"우리 애는 다 알아들어요."

집에서도 자주 훈육을 하는데 다 알아듣는단다. 훈육도 좋지만, 훈육할 일도 아닌데 그렇게 공개적으로 오글거리는 훈육하지 말라고 훈육하고 싶었다.

……라고 남의 교육 방식을 뭐라 할 때도 아니다. 며칠 전, 딸한테 나의 경제 교육이 잘못되어서 제대로 된 소비 생활에 애로 사항이 있다고 원망을 들었다. 엄마가 저축하는 습관을 들인 탓에 성인이 된 지금도 돈을 제대로 쓸 줄 모른다는 것이다. 과소비하는 습관도 아니고, 저축하는 습관 들였다고 원망을 듣다니 억울하다. 만만한 게 죽은 조상이듯 자식들한테는 그저 엄마가 호구지.

21년 동안 냉동된 인연

정하를 임신했을 때 미타카 시청(三鷹市役所)에서 하는 모자교실(母子教室)에 참가했었다. 그때 만난 세 명의 친구(오자와, 무라카미, 하야마)가 있었는데, 출산 뒤에도 매달 한 번씩 모여서 육아 수다를 떨었다. 나이가 비슷해서 감성도 잘 통하고 출산 날짜도 비슷해서 만나면 늘 즐거웠다. 그러나 내가 한국으로 돌아오고, 이사도 자주 다니다 보니 연락이 끊겨 버렸다. 가끔 아이들은 어떻게 컸는지, 엄마들은 어떻게 지내는지 궁금했다. 보고 싶은 친구들이지만, 다시 만나기는 어려울 거라고 생각했다. 그런데 세상에, 몇 해 전 21년 만에 연락이 됐다! 아이들도 대학에 보내고 여유가 생긴 그녀들이 도쿄의 모처에 모여서 모든 단서를 활용하여 권상을 찾아 보자고 했다고 한다.

연락이 되자마자 그녀들은 바로 '1995 모자학교'라는 그룹라인을 만들어서 나를 초대했다. 일찌감치 싱글맘이 된 나와 달리 세 명은 여전히 남편과 행복하게 잘 살고 있었다.

무슨 운명인지 그녀들에게 연락이 온 며칠 뒤, 정하의 교환학생 합격자 발표가 났다. 라인에 실시간으로 그 소식을 전했더니 자기 일처럼 기뻐하며 축하해 주었다. 생후 13개월 때 마지막으로 보고 헤어진 아기가 일본어과 학생이 되어 눈앞에 나타나는 드라마 같은 상황이 펼쳐진 것이다.

그녀들은 서로 제2의 엄마를 자청하며 도쿄에 간 정하를 물심양면으로 챙겨 주었다. 정하를 만나서 맛있는 음식도 사주고, 일용할 양식도 보내 주고, 생일에는 꽃과 목걸이 선물도 해 주었다. 불꽃놀이 축제 때는 정하한테 유카타를 예쁘게 입혀 주고 맛있는 음식을 잔뜩 준비해 와서 일본 불꽃놀이의 진수를 보여 주기도 했다. 정하가 아르바이트하는 스테이크 전문점에서 모임을 갖고, 정하가 일하는 모습을 사진과 동영상으로 찍어서 보내 준 적도 있다. 타국에서 아르바이트하는 딸의 모습을 실시간으로 본 사람이 또 있을까. 유니폼인 카우보이 제복을 입고 정하는 유창한 일본어로 입구에서 손님들을 안내하고 있었다. 그녀들도 정하도 감동이었다. 내가 뭘 했다고 이렇게 좋은 사람들을 만났을까 하는 생각이 들었다.

그러고 보니 '모자교실 동창회'도 했다. 도쿄에서 21년 만에 만났을 때는 영화처럼 펑펑 울었다. 나를 위해 당일치기 여행을 준비한 그녀들. 만나자마자 오자와의 자동차를 타고 후지산이 보이는 가와구치코로 달리며 밀린 얘기들을 끝없이 나누었다. 중간에 들를 관광지와 점심과 저녁 먹을 식당과 환영 케이크와 선물까지 완벽하게 준비해 둔 그녀들. 살면서 가장 행복했던 날을 물으면 퍼뜩 생각나는 날이 없었는데, 지금은 그 동창회 날이 제일 먼저 떠오른다. 그날 찍은 사진을 책자로 만들어 한국까지 보내 줘서 또 한 번 마무리 감동.

미타카에서의 짧은 인연이 21년 동안 냉동되었다가, 정하가 교환학생 가는 시점에 해동되다니. 그녀들은 우리 모녀를 위해 신이 보낸 선물이었나 하는 생각이 든다. 정하는 세 명이나 되는 제2의 엄마들 덕분에 무사히 도쿄에서 한 해를 보내고 일취월장한 일본어 실력으로 돌아왔다. 올해는 한국에서 4자 회동을 하자고 라인에서 얘기하고 있다. 정하와 나는 은혜 갚을 생각에 들떠 있다.

알바 선배로서의 조언

정하는 대학 3학년 때 교환학생을 갔다. 우리가 대학을 나와도 영어 회화를 제대로 못하는 것처럼 정하도 아직 일본어 회화가 능숙하지 않을 때였다. 그러나 생활비를 벌어야 하니 기특하게도 열심히 구인란을 뒤져 아르바이트를 구했다. 이케부쿠로에 있는 스테이크 전문점이었다. 회화도 잘 못하는 아이를 뽑은 점장의 안목을 높게 평가한다.

"엄마, 나 알바 됐어" 했을 때, "아이고, 그 가게 행운이네. 너를 데려가다니"라고 말했다. 진심이었다. 정하는 싹싹하고 일머리가 좋은 아이다.

그런 정하에게 도쿄에서 아르바이트를 해 본 선배로서 알바생의 덕목을 한 가지 전수했다.

"근무 시간에 일이 없다고 가만히 서 있으면 안 돼. 뭐라도 찾아서 해야 돼. 네가 카운터를 맡고 있더라도, 카운터에 손님이 없을 때는 주변 정리도 하고, 청소도 하고, 레스토랑에 일할 건 널려 있으니까, 시킨 일, 맡긴 일이 아니어도 뭐든 찾아서 해."

그랬더니 아르바이트 다녀오는 날이면, "오늘도 잠시도 안 쉬고 일 찾아서 열심히 했음" 하고 톡을 보냈다. 점장도 자기가 사람 너무 잘 뽑았다고 자뻑하고 있다고(웃음).

내가 도쿄에서 아르바이트를 했을 때도 20대였다. 하루는 아르바이트하는 곳으로 도쿄에 살고 있는 친구 부부가 놀러 왔다. 독신 여성이어서 친했던 50대 전무에게 친구 부부 얘기를 종종 했더니 저녁을 사주겠다고 초대해서였다. 당시 친구 부부는 남편은 대학원에 다니고 아내는 회사원이었다. 그때 친구가 내게 해 준 얘기가 내가 정하한테 한 얘기였다. 여기서는 근무 시간에 일이 없다고 놀고 있으면 안 된다. 손님이 없다고 멍하니 있지 말고 뭐라도 해라, 할 일이 없으면 가게 유리창이라도 닦고, 바닥 청소라도 해라. 인형 가게의 카운터를 맡고 있던 나는 손님이 없을 때는 아무 생각 없이 멍하니 서 있었다. 이 칸의 인형을 정리해라, 하면 그 칸만 정리하고 다시 멀뚱멀뚱. 도무지 일머리라는 게 없었다. 노동이라고는 태어나서 처음 해 보는데 그게 하필 도쿄였다.

친구의 말을 듣고 크게 깨달은 나는 다음 날부터 이 일 저 일 열심히 찾아서 했다. 유리창과 바닥 청소는 물론, 인형 진열도 요리조리 바꾸어 보고, 봉제 인형을 비닐 포장하여 리본으로 예쁘게 묶어 놓기도 했다.

며칠 뒤, 전무가 물었다. "무슨 일이 있었길래 사람이 180도 바뀌었어요?!" 그래서 친구가 한 말을 전하자, 전무와 사장이 감동하여 친구를 그 회사에 스카우트하려고 했던 일화가 있다.

조언해 주는 친구가 있는 것은 행운(幸運)이다. 친구의 조언을 딸에게 고스란히 전할 수 있었던 것도 행운(幸運)이고, 그걸 잘 들어준 딸이 있는 것도 행운(幸運)이다. 공교롭게 20대 때 내가 일했던 저 회사 이름이 산코(三幸)였다.

사랑하는 강아지, 나무

우리 집에는 열네 살 된 시추가 있다. 이름은 나무. 정하와 내가 세상에서 가장 사랑하는 생물체다. 생후 45일 되는 날 우리 집에 온 나무는 14년 동안 하루도 귀엽지 않은 날이 없고, 하루도 사랑스럽지 않은 날이 없었다. 그러나 출중한 미모와 달리 무뚝뚝한 나무는 누구보다 완고한 '개(犬)쌍마이웨이' 스타일이어서 우리한테 별로 관심이 없다. 사람의 희로애락에 일절 관여하지 않는다. 유튜브에 주인이 우는 척하거나 죽은 척하면 반려견이 어떻게 반응하는지 시험하는 동영상이 많지만, 나무는 해 보지 않아도 안다. 본 척도 안 할 거다. 그래도 정하와 나는 그런 나무의 털 한 가닥, 각질 한 점까지 미치도록 사랑한다.

그렇게 사랑하는 나무가 열두 살 되던 해부터 어딘가 이상해졌다. 내가 앞에 있는데 나를 찾으러 돌아다니고, 엘리베이터를 타면 문이 아닌 다른 쪽을 향해 섰다. 모퉁이를 돌 때면 벽에 처박히고 바닥에 아무것도 없는데 하이스테핑(high-stepping)을 했다. 산책할 때는 나를 끌고 다니던 아이가 걸핏하면 멈춰 서서 움직이지 않았다.

그랬다. 나무는 시력을 잃어 가고 있었다. 이상을 감지하고 동물 전문 안과에 갔더니 망막 변성이며 남은 시력이 20퍼센트 정도라고 했다. 청천벽력. 망막 변성은 사람이나 동물이나 치료 방법이 없다. 언젠가 무지개다리를 건널 날이 오리란 각오는 했지만, 눈이 멀게 되는 것은 꿈에도 상상하지 못했다. 개는 원래 시력이 약해서 시각을 잃어도 후각으로 충분히 살아가기 때문에 생활에 크게 지장이 없다고 하지만, 그래도 하늘이 무너지는 것 같은 일이었다. 나무가 이제 우리 얼굴을 못 보다니. 울고, 울고, 또 울고. 태어나서 가장 슬픈 일이었다.

갑자기 눈먼 나무와 그렇게 눈물의 홍수 속에 좌충우돌 하며 일 년여를 보냈다. 정하와 나는 나무를 집에 혼자 두지 않기 위해 외식을 끊었다. 약속은 서로 스케줄을 확인하고 잡았다. 한 사람은 무조건 집에서 나무를 지켰다. 시력을 잃은 초기에 우리는 우리대로 슬픔에 잠겨 있었지만, 나무는 나무대로 보이지 않는 세상에 불만인지 아무 데나 똥오줌을 싸서 애를 먹었다. 배변판이 안방에 있어서 거기까지 가는 게 어렵기도 했을 것이다. 배변판을 밖으로 꺼내 보았지만 역효과였다. 모든 것은 눈이 보이던 상태에 두는 게 가장 좋았다. 그랬던 나무가 이제는 안 보이는 생활에 익숙해졌는지 요즘은 꼬박꼬박 배변판에 가서 볼일을 보려고 애쓴다. 가는 길에 여기저기 부딪혀서 똥오줌 싸는 일에 이렇게 악전고투를 해야 하나 안타깝기 그지없지만, 그러나 끝내 성공적으로 볼일을 보고 돌아오는 나무의 모습은 매번 볼 때마다 감동이다. 뇌내 음악으로 〈상록수〉가 흐르는 것만 같다. 쉬 한 번 하고 올 때마다 모녀가 금메달 따고 온 것처럼 "잘했어, 잘했어, 너무 잘했어" 하고 오두방정을 떨면, 나무는 "내가 뭐 잘했는지 모르겠지만, 먹을 걸 줘" 하고 같이 파닥거린다. 나무의 눈은 백내장까지 와서 점점 부예지다 이제 새하얀 구슬 같다. 하얀 눈의 나무도 너무 귀엽고 사랑스럽다. 그 눈으로 아침이면 여전히 밥 달라고 내 머리를 타다닥 치며 깨운다. 열네 살에도 변함없는 식욕, 경배해요, 우리 식탐 대마왕.

견명도 재천인데 눈도 보이지 않고 목소리도 잃어버린 이 작은 노견한테 무조건 오래 살길 바라는 건 사람의 욕심이겠지. 그저 남은 견생, 아프지 않게 살았으면 좋겠다. 힘들지 않게 살았으면 좋겠다. 오래오래 너의 눈이 되고 싶다, 나무야.

그게 그렇게 울 일이야?

나는 눈물이 많다. 유전인지 정하도 눈물이 많다. 슬퍼서 우는 일은 별로 없다. 힘들어서 우는 일도 없다. 그냥 남들은 무심히 넘길 지극히 사소한 일에 뭉클해져서 눈물을 잘 흘린다.

정하하고는 서로 눈물 흘리는 포인트가 다르다. 그러다 보니 눈물 많기로 전국 상위 1퍼센트일 우리는 겨우 그런 걸로 우냐고 서로 어이없어한다.

이를테면 이런 경우다. 한번은 노견인 나무를 슬링백에 넣어서 안고 천 원 숍에서 물건을 보고 있는데, 어린 여자아이가 "와, 강아지다" 하면서 쪼르륵 다가왔다. 마침 나무가 시력을 잃은 지 얼마 되지 않았을 때였다.

"강아지 만져 봐도 돼요?"

아이가 호기심에 가득 찬 눈으로 물었다.

"응, 되는데 강아지 눈이 안 보여."

그랬다. 당시는 그 말을 내뱉는 것만으로도 눈물이 나던 때여서 애써 웃는 얼굴로 말했다.

"눈이 안 보이면 다른 감각이 더 발달한대요. 괜찮을 거예요."

세상에, 그렇게 어린아이가 어른을 위로하다니!

기다란 형광등 수십 개가 켜진 그 밝디밝은 곳에서 0.1초 만에 눈물이 주룩 흘렀다. 다른 물건 보는 척 고개를 돌렸지만, 차오르는 눈물은 주체할 수가 없었다. 나무가 시력을 잃고 난 뒤 처음 듣는 따스한 위로였다. 나중에 다시 마주친 아이에게 몇 살인가 물어 보니 열 살이라고 했다.

그 얘기를 정하한테 해주고 싶어서 "엄마가 엄청 감동한 일이 있는데……" 하고 말을 꺼내는데 벌써 눈물이 줄줄. 딸은 또 시작이라고 깔깔 웃어 젖혔지만, 끝내 울지 않고 말을 할 수가 없어서 카톡으로 전했다. 나무의 실명으로 슬퍼할 때라 정하도 그 눈물은 인정해 주었다.

또 한번은 인터넷에서 본 댓글 하나가 너무 감동이어서 보자마자 눈물이 펑 터졌다. 역시 정하한테 그 글을 얘기해 주고 싶지만, 문구를 떠올리기만 해도 눈물이 나서 입이 떨어지지 않았다. 그래서 또 옆에 있는 정하한테 카톡으로 얘기했다.

고3 아들이 수시에 폭망해서 엄마는 아들한테 내색하지 않으려고 혼자서만 끙끙 앓았대. 그런 엄마한테 아들이 다가오더니 이러더래.
"엄마 아들로 태어나느라 운을 다 써 버렸나 봐요."

감동의 눈물을 흘리는 나와 달리 딸의 반응은 쎄하다.
"감동적인 말이긴 하지만, 그게 그렇게 울 일이야?"
음…… 그래, 자식은 이해하지 못할 눈물일지도 모르지. 본인이 더 슬프고 힘들 텐데 예쁜 말로 엄마를 위로하다니 수능 성적은 모르겠지만, 효심만은 전국 상위 0.01퍼센트.

내 눈물 얘기를 듣고 정하가 자기도 드라마 〈미생〉을 인터넷으로 몰아 보다가 눈물 나는 장면이 있었다고 했다.

"뭔데?"

"눈물 나서 말을 못 하겠어."

그러더니 갑자기 눈물을 펑펑 흘린다. 늘 그렇듯이 이럴 때 한 사람은 울고, 한 사람은 옆에서 한심해한다. 나도 잠시 재촉하다 포기하고 있을 즈음, 겨우 진정한 정하가 하는 이야기는 역시 어이가 없었다.

"이성민이 집에 가서 아빠 부장 됐다고 하니까 애들이 막 좋아해. 그래서 니네 부장이 뭔지 아냐고 물으니까 '몰라. 그렇지만 아빠가 웃으니까 좋아' 그러는데 눈물이……."

"감동이긴 한데…… 그게 뭐, 그렇게 울 일이야?"

모녀의 눈물 포인트 차이를 실감한 그날, 잠자리에 누웠는데 문득 정하 눈물이 생각났다.

어느 해 크리스마스 카드에 '엄마 웃는 얼굴 본 지 백만 년도 더 된 것 같아'라고 썼던 말이 생각났다. 문제의 쉰 살 때 일이다. 아빠가 웃어서 기뻐하는 아이들 모습에 눈물이 터진 정하의 마음이 그제야 이해될 것 같았다. 자려고 감고 있던 눈에 눈물이 주루룩.

하여간 시도 때도 없이 터지는 눈물 때문에 사회생활에 지장이 많다. 혹시 저를 만나서 얘기하다 갑자기 눈물 흘리더라도 옆집 개가 하품할 때처럼 무시해 주세요.

자식의 마음은 번역이 안 돼요

1.

새해인사를 하며 정하가 상냥하게 말했다.

"우리 새해에는 행복하게 살자. 짜증 내지 말고 웃으면서 말하고."

"좋아. 그렇지만 엄마가 갱년기란 건 감안해 줘."

"그건 이미 엄청나게 감안하고 있어."

2.

정하한테 기회가 되면 기분 상하지 않게 지적을 하려고

마음에 담아 둔 말이 있었는데, 마침 화기애애한 분위기여서 애기 끝에 그 말을 했다. 평소 같으면 자기 행동을 지적하는 말에 토라지거나, 질질 짰을 텐데 역시 분위기가 분위기여서인지 끄덕거리며 가만히 있다. 성공이구나, 생각하는데 애기가 끝나고 자기 방에 가며 개한테 하는 말,

"에구, 나무야. 너는 언니라도 뒤끝 있는 사람이 아니라서 다행이다."

3.

아버지 환갑 때는 딸들과 며느리 똑같이 한복 맞춰 입고 사돈 팔촌까지 불러서 큰 잔치를 했는데, 요즘 환갑은 그냥 61세 생일에 지나지 않아서 가족끼리 식사하는 정도로 보내는 것 같다. 조촐해서 좋았지만, 당사자는 조금 서운하지 않을까 하는 생각을 하며, 가족의 환갑 식사 자리에 다녀오는 길이었다.

마치 그런 내 마음을 읽은 듯이 정하가 "엄마 환갑 때는 있잖아" 하고 거창한 계획이라도 있는 것처럼 말을 꺼냈다.

살짝 기대가 돼서 "응!" 하고 대답했더니 하는 말.

"번거롭게 다 모이지 말고 우리 둘이 하자."

4.

정하가 뜬금없이 이런 제안을 했다. 앞으로 우리 가족끼리 서로서로 칭찬하고 살면 어떻겠느냐고. 예쁘다, 잘한다, 칭찬해 주면 더 예뻐지고 더 잘하게 되지 않겠느냐면서. 아주 좋은 아이디어 같아서 "기특한 생각했네. 그래, 그러자" 했더니만 이렇게 규칙을 정했다.

"이제부터 엄마는 나한테 칭찬하고, 나는 나무한테 칭찬하고, 나무는 엄마한테 칭찬하기."

무슨 개소리야.

관계

좋은 사람 나쁜 사람이 있는 게 아니라
좋은 관계 나쁜 관계가 있을 뿐이다.
흔히 관계가 파괴된 후 그런 사람인 줄 몰랐는데,
하고 상대방을 비난하지만,
관계가 나빠진 것이지 사람이 나빠진 건 아니다.

살아가면서 변하지 않는 관계는 없다.
그러므로 누군가에게 오랫동안
좋은 사람으로 기억될 자신이 없다.
학교 다닐 때는 화장실 같이 갈 친구,

도시락 같이 먹을 친구,
그런 친구 관계가 절실히 필요했지만,
점점 아무런 관계를 맺지 않아도
사는 데 불편이 없다.
그래서 귀차니스트인 나는 쉬이 관계를 끊는다.
이러다 세상과도 관계를 끊을 기세다.

5장

신문에 내가 나왔어

내 팔자가 부럽다니

"엄마는 정말 편한 팔자를 타고 났다니까. 나도 엄마 팔자 닮아서 편하게 살면 좋겠다."

정하가 그렇게 말하는데 잠시 헷갈렸다. 이게 편한 팔자라고? 맞는 말은 맞는 말인데 안 맞는 말 같기도 하고, 부정할 수는 없는데 긍정하기도 억울하다.

뭐 그리 딸한테 추천할 팔자는 아니지만, 엄마가 힘들게 사는 것처럼 보이지 않는 건 다행이다. 드라마에서처럼 "나는 절대 엄마처럼 살지 않을 거야!" 이러는 것보다 훨씬 훈훈하다.

나의 차분하게 파란만장한 삶을 정하가 모르는 건 아니

다. 여기에 대해선 “아무도 돌보지 않는데 자체적으로 곱게 산 사람”이라고 촌평을 곁들였다. 언제나 촌철살인.

아마도 엄마 팔자가 편하다고 생각하는 것은 몸 쓰는 노동을 하지 않아서인 것 같다. 주업인 번역 일도 그냥 집에 앉아서 노트북이나 토닥거리는 정도이고, 부업인 주부 일은 2인 살림이니 대충하고, 싱글맘이라 명절에 시집 가서 고생하는 일 없고 친정에 가도 일 시키는 사람 없고. 거기에다 항상 본인이 자화자찬하는 대로 자식이 알아서 바르게 자라니 자식 걱정할 일도 없고, 그러므로 엄마 팔자 상팔자, 이런 논리인 것이다. 반박불가.

효도와 디스의 경계

인터넷으로 옷을 살 때, 딸한테 의견을 묻지만 “괜찮네”라는 말을 듣는 일은 거의 없다. 20대와 50대의 안목이 다르니 어쩔 수 없긴 하겠지만, 애초에 우리는 취향이 너무나 다르다. 이 아이는 일곱 살 때부터 내가 고른 옷을 입지 않았다. 그래도 옷을 살 때는 불안하니 옆 사람한테 의견을 묻는 건 인지상정.

“이거 어때?”

딸은 두메산골 할머니가 명절이라고 큰맘 먹고 오일장에서 산 분홍색 땡땡이 블라우스라도 본 것처럼 경기를 한다.

“으에에에엑, 이건 아니지, 엄마.”

물어보는 것마다 퇴짜여서 그럼 네가 골라 달라고 하니 “난 도무지 엄마 취향을 모르겠어” 하고 빠진다. 심사숙고하여 골라서 또 물어본다.

“이거 어때?”

“이건 너무 중년 여성복이야.”

“나 중년 여성이야.”

“얼굴이 아니잖아.”

그렇게 봐주니 고맙구나.

그렇다면, 하고 이번에는 젊은 여성 쇼핑몰에서 옷을 골라 어떠냐고 물어본다.

“엄마는 50대야. 이건 아니지.”

어느 장단에 춤을 추라는 건지.

어느 날, 외출한 길에 같이 백화점에 들렀다.

딸이 선심 쓰듯이 이렇게 말했다.

“나는 몸매가 좋아서 싼 옷 입어도 되지만, 엄마는 비싼 옷 사 입어.”

교묘히 돌려 까며 효도와 디스의 경계를 넘나드는 딸입니다.

알면서 왜 그랬어

한창 바쁜 마감 때였지만, 일본 친구의 친구가 어머니와 함께 서울에 왔는데 2층 버스 지나가는 걸 보고 타고 싶어 하신다고, 어떻게 타는 거냐고 물어서 서울시티투어버스를 샅샅이 검색하고 타 본 사람들 후기까지 낱낱이 읽고 하다 보니 몇 시간 훌쩍 지나가고, 나는 서울시티투어버스에 관한 논문이라도 쓸 수 있을 것 같아졌을 때, 머리와 손가락에 쥐가 나도록 일본어로 설명해 주고 나서 한마디 덧붙였다.

"호텔 프런트에 물으면 친절히 가르쳐 줄 거야."

엄마 이야기

1.

조카가 KBS 〈2TV 생생정보〉에 자기가 나오니까 보라고 문자를 보냈다. 그래서 엄마에게도 전해 주었다.

"○○가 〈2TV 생생정보〉에 나온다고 보래. 〈2TV 생생정보〉 알지?"

"그럼 알지. 밋번에서 하노?"

"7번에서 6시 20분에."

"아아아. 거기 알아, 알아."

그래서 잘 알아들은 줄 알았더니 이렇게 말하면서 전화를 끊는다.

"오늘은 〈6시 내고향〉 꼭 봐야 되겠네."

2.

"엄마, 〈한끼줍쇼〉 봐?"

"아니, 안 봐. 너는 그거 보나?"

"뭐?"

"강호동이 밥 얻어먹으러 댕기는 거."

(〈한끼줍쇼〉에서 강호동이 밥 얻어먹으러 댕기죠.)

"엄마, 독립문 알아?"

"알지, 불나서 탔잖아."

(남대문입니다.)

"엄마, 인사동 알아?"

"알지, 고물 파는 데."

(골동품이겠지요.)

"엄마, 정하가 롯데 장학생으로 뽑혔어."

"(다른 사람에게) 우리 손녀가 롯데백화점 추첨에 당첨됐

다네.”

3.

엄마가 좋아하는 월남쌈을 만들어서 갖고 갔다.

역시 무척 기뻐하며 잘 드셨다.

그리고 오는 길에 이렇게 인사를 했다.

“니는 애 먹고 나는 잘 먹고.”

엄마, 혹시 〈쇼미더머니〉 보나.

신문에 내가 나왔어

무명 시절에 어머니가 "어째 네 이름이 신문에 보이지 않더구나" 하고 말하자,
로맹 가리는 어느 여성 작가의 단편 몇 편을 보여 드리며,
"이게 저예요. 가명으로 글을 쓰고 있어요"라고 거짓으로 어머니를 안심시킨다.*

이 글을 읽으니 생각나는 엄마 이야기.
어느 신문사와 인터뷰를 해서 엄마한테, "내일 ○○ 신문

* 로맹 가리, 백선희 옮김, 『내 삶의 의미』, 문학과지성사, 2015

에 나 나와"라고 알려 주었다.

별 반응이 없었다. 그러더니 한 달 뒤에 전화가 왔다.

"아까 신문 사러 지하철역에 갔다 왔는데, 니 안 나오더라."

부모님은 내가 '일본 글을 조선 글로 번역하는 일'을 한다고 알고 있긴 하지만, 내가 번역한 책의 형체를 본 적은 없다. 별로 관심이 없을 것 같아서 보여 준 적이 없다. 그래도 없어도 그렇게 없을 줄은 몰랐다. 『번역에 살고 죽고』가 나왔을 때 그래도 이 책에는 작가 사진이라도 있으니, 딸 사진을 보면 조금은 대단하게 여기겠지 했다. 그러나 아버지는 예상대로 무관심(요양원 계실 때였으니 이해한다). 엄마는 보자마자, "아, 우리 원장도 책 냈다고 하더라" 하고 딴소리를 했다. 우리 원장이란 노인들을 휴지 꾸러미로 유혹하여 의료기를 파는 곳의 주인이다. 아, 제발 딸에게 관심을.

그리운 아버지

여든세 살의 아버지는 생수병 뚜껑도 힘겹게 따실 정도로 근력이 없고, 딱히 드러난 병은 없었지만 와병 환자나 다름없이 지냈다. 혼자 비틀비틀 나가서 택시를 타고는 "대신동(대구) 갑시다" 해서 택시 운전사가 은평구 대신동에 내려주는 바람에 미아가 된 적도 있다. 서울을 자꾸 당신이 황금 시절을 보낸 대구라고 착각했다. 아버지는 종일 어두컴컴한 방에서 자고 또 자고 또 잤다. 얼마나 적적할까 싶어서 하루는 노트북을 들고 친정에 가서 아버지 옆에서 일을 했다. 노인 냄새가 심하게 나는 방이었지만, 있다 보니 참을 만했다.

아버지는 자다가 한 번씩 깨서 일하는 나를 돌아보았다. 그때마다 뭐 찾는 게 있는가 싶어서 "아버지, 왜요?" 하고 물으면 "너 일 하는가 싶어서"라고 했다.

그렇게 한 시간에 한 번, 잦으면 삼십 분에 한 번씩 눈을 뜨고 나를 돌아보았다.

"아버지, 뭐 갖다 드려요?"

"아니, 너 일 하는가 싶어서."

이런 대화가 무한 반복됐다. 아버지는 당신이 자는 동안 내가 집에 갈까 봐 걱정됐던 모양이다. 내가 일하느라 미처 보지 못했지만, 잠을 자지 않고 계속 보고 있었을지도 모른다. 미혼일 때는 일하고 있으면 "그거 하면 돈은 얼마나 받냐?" "돈은 언제 나오냐?" 꼬치꼬치 캐물었다. 또 일이 없어서 놀고 있으면 "왜 요새는 출판사에서 전화가 안 오냐?" 하고, 겉은 프리랜서이나 속은 백수인 내 염장을 지르던 아버지가 인제는 얼마 받느냐고 묻지도 않고, 일은 많은지도 묻지 않고, 그저 아줌마가 된 딸이 옆에서 일하는 것만으로도 좋아서 보고 또 보고.

냄새에 민감하고 비위가 약한 나는 점점 심해지는 아버지 방의 악취 때문에 친정에 가도 머무는 시간이 점점 짧아졌다. 가도 말도 거의 하지 않고 누워만 있는 아버지는 내가 갈 때가 돼서 인사하면 "왜 벌써 가노, 더 놀다 가지" 하면서 간절한 눈빛으로 바라보았다. 나는 그 눈빛을 거절하지 못하고, "뭐하고 놀까요" 물으면서 옆에 앉아 또 혼자 수다를 떨었다. 누워서만 지내는 아버지에게는 맛있는 것 잔뜩 사들고 와서 재잘거리는 나를 보는 게 유일한 낙이었을지도 모른다. 마스다 미리의 『영원한 외출』이 그 당시에 나왔더라면, 나도 마스다 미리처럼 아버지를 인터뷰했을 텐데. 살면서 언제가 가장 행복했는지(행복한 때가 과연 있기나 했는지 모르겠다), 가장 후회스러운 일은 무엇인지(너무 많아서 꼽을 수 있을까. 어쩌면 인생이 통째로 후회스러울지도 모른다), 다시 젊을 때로 돌아가면 무얼 하고 싶은지……. 이기적이고, 고집도 세고, 다혈질이고, 구두쇠여서 평생 가족을 힘들게 했던 아버지. 어느 모로 보나 최악의 남편이고 최악의 아버지였던 사람. 그렇게 누워서 보내는 시간에 무슨 생각을 하며 살았을까.

내가 노트북을 들고 가서 일한 날로부터 두 달쯤 지난 어느 날, 아버지는 세상을 떠났다. 우리 아버지, 이제야 고생하지 않고 편히 지내시겠구나 싶어서 슬픔보다 안도감이 더 컸다. 뼛속까지 부지런하고 뼛속까지 구두쇠라 일만 죽도록 하고 호의호식 한 번 해 보지 못한 아버지는 평생 고생도, 고생도 너무 많이 하다 가셨다.

아버지가 돌아가시던 그날도 여느 날처럼 친정에 갔었다. 아버지는 기력이 많이 쇠해 보였다. 엄마는 아버지 뒷바라지가 너무 힘들다고 하소연했다. 당시 엄마 연세도 여든. 똥 싼 바지, 오줌 싼 이불 빨 연세가 아니긴 했다. 나는 밤샘을 한 뒤 잠깐 눈만 붙이고 오는 길이어서 한 시간 정도 있다가 "갈게요" 하고 인사를 했다. 다른 때보다 일찍 가서 평소 같으면 "벌써 가나. 더 놀다 가지" 했을 텐데, 어쩐 일로 세상에서 가장 자상한 눈빛으로 내 눈을 보며 끄덕거렸다. 일생 자상함과는 거리가 먼 아버지가…….

집에 오자마자 나는 우리 집에서 가까운 요양원을 검색했다. 더 이상 엄마가 아버지를 돌보는 건 무리다. 아버지가 기저귀를 찰 정도로 건강이 좋지 않았을 때는 요양원에도 몇 군데 있었다. 그러나 인터넷으로만 보고 간 요양원은 가는 곳마다 불친절하고, 식사가 엉망이었다. 무엇보다 누워 있는 노인을 사람처럼 대하지 않았다. 그래서 아버지는 요양원 얘기만 나오면 불같이 화를 내며 거부했다. 그러나 우리 집에서 가까운 요양원에 모시면 내가 매일 찾아갈 수도 있고, 산책도 할 수 있고, 가끔 우리 집으로 모셔 올 수도 있다. 내가 곁에서 살뜰히 보살필 거라고 하면 아버지도 더는 요양원을 거부하지 않을 것이다.

요양원은 의외로 아주 가까운 데 있어서 바로 가보았다. 그곳은 아담하고 가족적이고 무척 따뜻했다. 나는 다음날 바로 아버지를 모시고 오겠다고 신청했다.

진작 이랬어야 했는데…….

밀려오는 후회를 뒤로하며 엄마한테 요양원 신청했다고 알렸다. 엄마는 짐을 덜게 되어서 좋아했고, 나도 아버지를 가까이에서 모실 생각에 설렜다. 그리고 한 시간 뒤에 엄마에게 전화가 왔다.

"느그 아부지가 죽었다……."

할머니의 썸

예전에 공동 역자로 만난 84세 할머니가 “나이는 먹어도 마음은 스무 살 때랑 똑같아” 이런 말씀을 하셨는데 정말 그런가 보다. 엄마가 경로당 할머니의 ‘썸담’을 들려주는데 나이만 모자이크 하고 들으면 거의 젊은 사람들 이야기나 다름없었다.

방년 81세인 할머니는 어느 날 한의원에 갔다가 마음에 드는 할아버지를 발견하고 전화번호를 주었단다. 그랬더니 할아버지에게 전화가 와서 두 사람은 본격적으로 만나기 시작한 모양이다. 핑크빛 무드 만발하던 어느 날, 두 사람은 청량리에서 무료 전철을 타고 무려 월미도까지 데이트하러 갔다고 한다. 그러나 아쉽게도 그들의 썸은 그것을 마지막으로 끝났다. 월미도에 간 할아버지가 돈 한 푼 쓰지 않아서 할머니가 쪼잔하다고 찼다고 한다.

얘기를 들으며 깔깔 웃다가 생각해 보니 좀 슬프고 짠해졌다. 할아버지는 쪼잔했던 게 아니라 자식들한테 한두 푼씩 용돈을 받거나 용돈 주는 자식도 없어서 쓸 돈이 없었던 게 아닐까. 만약 그렇다면 여든 넘어서 돈 없다고 여자한테 차이는 건 너무 불쌍하다. 그러나 어쩌면 천성이 쪼잔한 할아버지였을 수도 있다. 아니면 할머니는 순수한 연심이었으나 할아버지는 자기한테 관심 갖는 할머니한테 옳다구나 하고 빈대 붙을 생각이었을지도 모른다. 보통 월미도까지 갈 때는 횟값 정도의 데이트 비용은 갖고 가지 않나. 두 노인의 속마음이야 알 수 없는 일이지만, 여든 넘은 나이에 청량리에서 월미도까지 데이트하러 가는 열정과 근력은 정말 최고다. 미리 알았더라면 횟값 정도는 기꺼이 찬조했을 텐데.

브라보, 실버 라이프!

맺힌 한마디를 날릴 때는

1. 거래처에는 일이 끊길 각오를
2. 지인한테는 인연 끊을 각오를
3. 형제한테는 다음 명절까지 안 볼 각오를
4. 자식한테는 며칠 냉전할 각오를

해야 한다.

그러나 맺힌 한 마디를 날린다고 좋은 일이 생기지는 않는다.

95세에 갖고 싶은 것

설거지를 하며 틀어 놓은 일본 TV 프로그램에서
리포터가 95세 시골 할머니한테 물었다.

"할머니, 지금 가장 갖고 싶은 게 뭐예요?"

그러게.
과연 저 나이에 가장 갖고 싶은 것은 뭘까.
돈일까?
건강일까?

궁금해진 나는 수돗물을 잠그고,
귀를 기울였다.

할머니는 틀니를 끼지 않은 입을
오물오물하더니 당연한 걸 뭘 묻느냐는
듯이 툭 내뱉었다.

"남자친구."

할머니, 리스펙트!

추억의 사오정 소환

엄마와 이천에 있는 온천에 다녀올 때였다. 엄마는 이천까지 온 김에 재래시장에 가서 콩을 좀 사고 싶다고 했다. 그러나 호텔 체크아웃을 하고 나온 시간은 아직 이른 오전. 길에는 사람도 별로 없고 시장도 어디 있는지 알 수 없다. 두리번거리던 그때, 지나가는 할아버지를 포착한 엄마, 다가가서 말을 걸었다.

엄마: 여(여기) 공물(곡물) 파는 데는 없십니까?

노인: 동물이요?

엄마: 예, 공물요.

노인: 무슨 동물이요?

엄마: 공물이 공물이지 무슨 공물이 어데 있십니까.

노인: 동물도 종류가 있지. 뱀 같은 거요?

엄마: 콩 같은 거요.

노인: 곰 같은 걸 왜 여기서 찾아요!

6장

가끔은
세상을 즐깁니다

나이 50에 국카스텐 덕질을 하다

나는 정적을 좋아한다. 낮은 음악조차 흐르지 않는 무음의 세계를 좋아한다. 그래서 라디오나 노동요를 틀어 놓고 일한다는 건 상상도 할 수 없었다. 혼자 있을 때도 휴대전화를 무음으로 해 놓는다. 딸이 부르는 노래나 길 가다 가게에서 흘러나오는 노래가 아니면 내 의지로 노래를 찾아서 듣는 일도 거의 없었다. 이런 내가 요란한(내 기준으로) 음악을 하는 록밴드 국카스텐의 덕후가 됐다……는 사실에 나를 아는 모든 사람들이 놀랐지만, 본인인 내가 가장 놀라고 있다. 나도 남들도 잠깐 그러다 말겠지, 라고 예상했는데 현재 덕질 4년 차. 서울에서 열리는 모든 콘서트에 빠짐없이 가고 있다. 국카스텐 노래를 노동요로 듣고 있다.

듣기 좋은 꽃노래도 한두 번이라는데 국카스텐 노래는 데뷔 때부터 발표한 모든 노래가 아무리 들어도 질리지 않는다. 들을 때마다 또 다른 느낌이다. 그중에서 가장 좋아하는 곡은 '고장이 난 넌 서랍을 뒤적거리며 잠을 청할 약을 꺼내고 한탄을 하네. 창밖은 너무나 밝다고……'로 시작하는 〈비트리올〉이란 노래다. 그러나 이렇게 말하는 순간, 다른 노래 제목들이 오락실 두더지처럼 여기저기에서 튀어나온다. 아, 그렇다. 열 손가락 같은 노래들이다. 어느 한 곡을 꼽을 수가 없다.

전곡을 다 좋아한다.

정적을 좋아하는 내가 처음부터 국카스텐의 노래를 좋아했을 리는 없다. 그들의 노래를 처음 들었을 때 그것은 노래가 아니라 기괴한 그림이 그려진 소리통이라고 생각했다.그러나 〈복면가왕〉의 '음악대장' 노래에 반해서 시작한 것은 유튜브에서 국카스텐 영상 찾아보기. 하나둘 보다 보니 급기야 10년 치 공연 영상을 다 보고 말았다. 번역을 시작한 이후, 텔레비전 한 번 마음 편히 본 적 없는 내가 말이다. 국카스텐 덕질을 기점으로 기를 쓰고 사는 쪽보다 내려놓고 사는 쪽으로 삶의 노선이 바뀐 것 같다.

처음으로 국카스텐 콘서트에 갈 때는 걱정이 많았다. 혼자 가서 뻘쭘하지 않을까, 젊은 사람들 노는 데 나이 50의 아줌마가 가서 물 흐리지 않을까, 목소리도 작은데 호응은 잘 할 수 있을까. 그러나 기우였다. 콘서트에는 혼자 온 사람들이 더 많았고, 50이면 준수할 정도로 중장년층도 많았다. 머리 하얀 할머니가 국카스텐 굿즈인 티셔츠를 입고 다니는 모습도 여기저기 보였다. 멋진 공연에 목소리는 절로 커졌다. '음악대장'이 온 나라를 휘젓고 떠난 뒤여서 잠실 체조경기장은 꽉꽉 찼고 콘서트는 대감동이었다. 그렇게 콘서트에 가기 시작한 지 4년째 봄에는 헬로콘, 여름에는 스콜콘, 겨울에는 헤프닝콘을 꼬박꼬박 가고 있다. 딸이 아이돌 그룹 덕질할 때 "걔네는 무슨 콘서트를 일 년에 한 번씩 해!" 그랬는데, 막상 덕질을 해 보니 일 년에 서너 번도 적더라고요.

국카스텐 덕질은 나를 위해 돈을 쓰고 시간을 쓰는 나의 유일한 일탈이자 도락이자 휴식이자 낙이다. 음악대장이 나타나지 않았더라면 나는 아직도 무음의 세계에서 소처럼 일만 했겠지. 나의 생에 소리를 입혀 준 국카스텐에게 감사를.

츠바키 문구점의 가마쿠라

가마쿠라를 배경으로 한 소설 『츠바키 문구점』은 문구점을 하며 대필 일을 하는 30대 미혼 여성 포포의 이야기다. 주로 다양한 사연을 가진 사람들의 편지를 대필해 준다. 이 소설은 중간중간에 실린 따듯한 손편지도 감동이지만, 실명으로 등장하는 가마쿠라의 신사나 절, 맛집과 카페들이 계속 마음을 끈다. 번역을 하다 보면 손은 키보드를 치고 있는데, 마음은 어느새 가마쿠라의 신사나 카페를 돌아다니고 있다. 가마쿠라 가고 싶다! 그러나 작업 중에 작품 속 도시에 반해서 여행을 떠나는 번역가, 말은 때깔 나지만 현실은 번역료가 여행 경비로 고스란히 날아가니 그달 수입 제로. 생활형 번역가에게 큰 타격이다. 그러나 이 책을 읽고 '가마쿠라 가고 싶다 병'에 걸릴 독자들을 위해 대표로 가마쿠라에 다녀와서 역자 후기로 가마쿠라 기행문을 써 보면 어떨까 하는 생각이 들었다. 앗싸, 너무나 근사한 대의명분! 얼른 KTX 예매하여 부산이라도 가듯이 제일 싼 항공권을 예약하여 며칠 뒤 휘리릭 도쿄로 날아갔다. 그리고 실제로 다음과 같은 기행문을 역자 후기로 썼다. 가마쿠라 대불과 에노시마 빼고는 모두 소설에 등장하는 곳들이다.

휘리릭 날아가서 뚝 떨어진 도쿄역. 가마쿠라는 도쿄역에서 JR요코스카선을 타고 55분 걸린다. 신주쿠역에서 출발해도 비슷하다. 생각보다 교통이 편리하고 가깝다. 나는 딱 하루 동안만 소설에 등장하는 곳을 둘러보기로 했다. 저질 체력인 내게 별로 기대하지 않았지만, 필히 가야 할 곳으로 꼽은 곳은 쓰루가오카하치만궁, 가마쿠라궁, 주후쿠사, 그리고 레스토랑 '가든하우스'였다. 여기까지 돌고 시간이 남는 정도를 보아 다음 행선지를 생각해 보기로 했다. 처음부터 무리한 일정을 짜면 다니기도 전에 지치기 때문에 욕

심을 부리지 않았다. 가마쿠라의 공기를 마시는 것만으로 충분하다고 생각했다. 그러나 마음먹은 대로 풀리는 여행은 별로 없다.

첫 번째 행선지는 쓰루가오카하치만궁. 일단 역 앞 관광 안내소에서 한글판 가마쿠라 관광 지도를 한 장 얻었다. 착착 접힌 대형 지도로 모든 교통 정보와 관광 정보가 상세하게 정리됐다. 심지어 유명 카페와 식당의 영업 시간과 가격까지도. 이 지도 한 장만 있으면 가마쿠라 초행인 사람도 현지 주민처럼 척척 다닐 수 있다. 물론 나처럼 예외인 사람도 있고.

관광 안내소 앞에는 버스 정류장이 있고 유명한 고마치 거리 입구가 바로 보인다. 아기자기한 소품 가게와 예쁜 카페와 식당이 즐비한 고마치 거리. 번화하지도 않고 화려하지도 않고 그냥 아담한 골목길 같다. 주인공 포포가 바바라 부인을 자전거 뒤에 태우고 달린 그 길. 가야 할 곳이 많으니 이 길은 통과하자, 라고 마음먹었지만, 마치 '츠바키 문구점'처럼 아담한 문구점을 발견하고 자석에 끌리듯 들어가서 편지지며 엽서 구경을 하느라 한참 시간을 보냈다. 손편지 보낼 일이 좀처럼 없지만, 여전히 편지지와 엽서를 보면 사족을 못 쓴다. 그렇다. 이 소설에 특히 애착을 느낀 것도 어릴 때부터 유난히 편지 쓰기를 좋아했기 때문이다. 아, 일정을 생각하지 않고 예정에도 없던 문구점에 너무 오래 머물러 버렸다.

고마치 거리를 지나다 하치만궁으로 가려면 이쯤에서 꺾어야 하나 하고, 어느 골목으로 들어섰을 때 맛있는 카레 향과 함께 길게 늘어선 줄이 보였다. 혹시! 하고 보았더니, 역시 가마쿠라에서 가장 유명한 카레라이스 전문점 '캐러웨이'였다. 큐피 아빠가 포포에게 가마쿠라의 카레집을 탐방하자고 데이트 신청을 할 때 등장한 이름이다. 카레라이스는 좋아하지도 싫어하지도 않지만, 얼마나 맛있는 냄새가 나는지 나도 줄 서서 먹고 싶어졌다. 그러나 꼭 가서 식사를 하기로 마음먹은 곳이 있었던 터라 아쉽지만 그냥 지나쳤다. 지나친 것을 지금까지 후회하고 있다.

포포가 봄이면 할머니와 꽃놀이를 갔던 곳이라는 와카미야 대로를 지나(양쪽으로 벚나무가 줄줄이 서 있다. 만개하면 정말 장관일 듯), 드디어 첫 목적지인 쓰루가오카하치만궁에 도착했다. 새파란 하늘, 주황색 도리이, 긴 계단 끝에 높이 있는 하치만궁, 배경은 초록. 그 선명한 색감이 너무 예뻐서 도리이를 통과하지 않고 한참이나 감상했다. 하치만궁을 천천히 다 돌기에는 시간이 없어서 몇몇 곳만 둘러보고 나왔다.

그다음 목적지는 가마쿠라궁. 버스 정류장을 찾아 큰길까지 걸어 나왔다. 곳곳에 있는 훌륭한 한글 지도도 길치인 내게는 무용지물이다. 환한 대낮에 더듬거리듯 걸어 나오다 무심코 시선을 돌렸더니 바로 앞에 카페 '베르그펠트'가! 포포와 그 일행이 음력설에 칠복신 순례할 때 식후 커피만은 꼭 그곳에서 마셔야 한다는 남작의 추천으로 들른 그 카페. 실제로 삼십 년이나 된 곳이라고 한다. 카페 앞 미니 매대에서는 배추를 팔고 있었다. 포기째 파는 게 아니고 4분의 1쪽짜리를 여러 개 늘어놓은 진짜 미니 매대다. 주인인지 모르겠지만, 아주머니 한 분이 매대에 서 있어서 가마쿠라궁까지는 얼마나 걸리는지, 버스는 어디서 타는지 물어보았다. 말을 건 김에 『츠바키 문구점』에 이 가게가 나오더라고 했더니, “아, 종종 그 책을 읽고 오시더군요. 나도 책은 샀는데 아직 읽지 못했어요”라며 호호 웃었다. 역시 책을 읽고 성지순례하는 사람들이 많은 모양이었다. 독일 빵과 소시지가 유명하다는데 잠시 들러서 먹어 보면 좋았겠지만, 갈 길이 멀어서 통과. 이것도 후회하고 있다. 위가 작은 게 죄다.

가마쿠라궁까지는 버스로 얼마 걸리지 않았다. 쓰루가오카하치만궁의 그 컬러풀함과 달리 그냥 흔히 보는 일본의 신사였다. 이곳에서 가마쿠라에서 태어나고 자란 포포도 이십 대 후반이 돼서야 처음 해 보았다는 ‘야쿠와리이시’를 체험해 보았다. 야쿠와리이시란 ‘액을 깨는 돌’이라는 뜻이다. 간장 접시처럼 얇고 작은 접시에 어디가 아픈지 얘기하고(속으로) 입김을 불어넣은 다음, 야쿠와리이시에 던져서 깨트리면 아픈 곳이 낫고 액이 날아간다나 뭐라나. 이용료는 접시 한 개에 100엔. 아주 얇고 작은 접시인데 내 앞에 던진 어떤 아저씨의 접시는 제대로 깨지지 않고, 힘없는 내가 던진 접시는 산산조각이 났다. 그렇게 박살이 날수록 좋은 것이라고 한다. 소설에서는 바바라부인의 접시가 그렇게 깨져서 바바라부인이 즐거워했다. 별것도 아닌데 기분이 좋았다. 한 달 동안 계속됐던 기침이 가마쿠라에 다녀온 뒤 나은 것은 우연의 일치였겠지.

가마쿠라궁에서 버스를 타고 다시 가마쿠라역으로 돌아왔다. 이제 슬슬 다리도 아프고 식사도 할 때가 됐고, 세 번째 목적지에 갈 시간이었다. 그렇다. 세 번째 목적지는 포포와 바바라 부인이 자전거를 타고 고마치 거리를 달려서 브런치를 먹으러 간 곳. 가마쿠라역 뒤편에 있는 카페 레스토랑 '가든 하우스'! 알고 보니 가마쿠라 가이드북에 자주 실리는 유명한 곳이었다. 입구에 '멍멍이 웰컴'이라는 간판이 있어서 집에 두고 온 우리 나무 생각이 났다. 넓은 정원과 건물이 멋스러운 우아한 레스토랑으로, 실내에도 정원에도 손님들로 가득. 무려 12월 중순의 날씨인데 정원에서 식사를 해도 괜찮을 만큼 날이 따듯했다. 포포는 "가든 하우스는 슈퍼마켓 기노쿠니야의 모퉁이를 돌아 스타벅스 바로 앞에 있다. 이 계절, 저 너머에 펼쳐진 한가로운 정경의 산을 바라보면서 정원 테라스 자리에서 하는 식사는 즐겁다"라고 했다. 나도 기왕이면, 하고 정원 테라스 자리에 앉았다. 의자마다 따듯한 무릎 담요가 놓여 있었다. 음식도 맛있고 깔끔하고 예뻤지만, 무엇보다 세심하게 웰빙에 신경을 쓰는 식당이구나, 하는 느낌이 들었다. 이를테면 함박스테이크에 나오는 샐러드는 채 썰어서 익힌 당근만 산더미처럼 수북하게. 밥은 100퍼센트 현미. 딱 봐도 건강식이다. 가격은 런치타임에 1,600엔 정도가 가장 저렴하다. 혹시 빈곤 여행 중이라면 식사는 '캐러웨이'에서 카레라이스를 먹는 게 마음 편할 수도 있다.

그다음에 간 곳은 주후쿠사였다. 가마쿠라역에서 걸어서 7분 정도 걸린다. 직진이어서 길 찾기는 쉽다. 가마쿠라 막부를 연 미나모토노 요리토모의 부인이 지은 절로, 포포의 할머니가 가마쿠라에서 가장 좋아한 곳이다. 중문까지만 일반인에게 개방되어 있어 참배 길 정도만 산책할 수 있다. 울창한 숲 사이로 구불구불 난 좁은 길이 마치 그림엽서처럼 예쁘다. 가마쿠라 5산 가운데 가장 오래된 사찰이라고 한다.

슬슬 체력이 떨어져서 걷기가 힘들었지만, 가마쿠라에 왔으니 가마쿠라 대불을 봐야 한다는 의무감에 고도쿠인이라는 절로 향했다. 이번에는 가마쿠라역에서 전철을 타고 하세역까지. 하세역에서 내려서 10분 걷기. 이렇게 걷는 줄 알았으면 오지 말걸 그랬다고 후회하면서 가다 보니 고도쿠인이 나왔다. 입장료를 내고 들어가자마자 어마어마하게 큰 대불이 떠억. 높이 11미터라고 한다. 진짜 엄청나게 크다. 힘들어도 오길 잘했네 생각하며 벤치에 앉아 한참 바라보았다.

이곳을 마지막으로 도쿄로 돌아가면 좋았을 텐데, 또다시 '가마쿠라까지 왔는데 에노시마에 가지 않고서야!' 하는 무모한 생각이 들었다. 뷔페에서 음식을 즐기는 게 아니라 본전 뽑고 가야지, 하고 먹는 사람은 빈곤 지수가 높다고 하던데, 다른 의미에서 나도 빈곤 지수가 높은 인간인 게 분명하다. 그러나 가마쿠라까지 와서 에노시마에 가지 않는 것은 정말 아깝지 않은가. 만화 『슬램 덩크』나 영화 〈바닷마을 다이어리〉 외에도 숱한 일본 드라마에 나오는 그, 그 에노시

마인데.

결국 에노시마까지 갔다. 역에서 내려 한참 걸어야 해서 가면서 또 후회했지만, 마침 해가 지고 있는 에노시마는 어찌나 아름답던지, 너 참 잘 왔다, 맥주 한잔하고 가라, 하고 유혹하는 것 같았다. 그래서 마셨다. 맥주 한 잔, 생선회 한 점. 세상 근심 다 잊을 듯한 평화로움 속에서 유일한 근심은 '아, 도쿄까지 어떻게 돌아가지'.

여유 없이 여행하는 것을 가장 싫어하는데 어쩌다 보니 이번 가마쿠라행은 그런 여행이 됐다. 이 소설을 읽고 당장 가마쿠라로 떠날 계획을 세우는 분도 계실 테고, 떠나고 싶지만 현실적으로 여건이 안 되는 분도 계실 것 같아서, 가시는 분들에게는 가이드가 되고(될까?) 못 가시는 분들에게는 대리만족(턱도 없겠지만)이 되었으면 하는 마음으로 역자 후기를 허접한 여행 후기로 대신했다.*

* 위 글은 오가와 이토의 『츠바키 문구점』 속 역자 후기이다.

책이 출간될 즈음 편집자에게 이런 메일이 왔다.

"마케팅 회의에서 선생님의 후기가 무척 인상적이고 감동적이었다고 입을 모았습니다. 그래서 선생님의 후기로 마케팅 바이럴을 해보자는 의견이 나왔습니다. 선생님이 허락해 주시면 저희는 그렇게 진행하고 싶습니다."

캬아, 번역료 날리며 여행 다녀온 보람이 있었다.

아, 가마쿠라에는 곳곳에 동백꽃(츠바키)이 많이 피어 있었다. 학교 운동장에도, 가정집 담장에도, 가게 앞에도. 그래서 작가 오가와 이토 씨는『츠바키 문구점』이라는 제목을 생각했을까.

특가 마쓰야마 2박 3일

늘 그렇듯이 충동적인 여행이었다. 일하다 지겨워서 인터넷 슬렁슬렁 돌아다니다 '특가 마쓰야마(松山) 2박 3일 여행'을 본 것이다.

"오, 싸다!"

당시 대학생이던 정하를 구슬려 바로 예약했다. 특가와 온천이라는 매력에 꽂혔다. 마쓰야마는 일본 지도의 저 아래쪽에 있는 작은 섬 시코쿠에 있는 도시다. 유명한 도고온천이 있고, 일본의 국민 작가인 나쓰메 소세키의 대표작 『도련님』*에서 도쿄에 사는 도련님이 중학교 교사가 되어 첫 발령을 받아 간 곳이기도 하다. 여하튼 시코쿠는 『도련님』을 번역하며 글로만 봤을 뿐, 아주 낯선 곳이었다.

새벽까지 일하다 어디 지방에라도 가듯이 옷 몇 개 넣고 가볍게 나섰다. 마음만 가벼운 게 아니라 주머니도 가벼웠다. 특가 여행을 가는 의미가 퇴색되지 않게 쇼핑은 자제하고 자연과 온천을 즐기기로 했다. 2박 3일 중 세 끼나 호텔에서 제공되니 돈을 쓸 일도 없을 거라고 생각했다. 최소한의 현금을 가져가서 현금이 떨어지면 카드를 사용하면 된다. 완전 노 프라블럼…… 이라고 생각했으나, 안타깝게도 이 여행에는 치명적인 빅 프라블럼이 있었다.

마쓰야마는 인천공항에서 1시간 40분 남짓 걸렸다. 고속버스 터미널처럼 아담한 공항이었다. 이번에는 헤매지 말고 잘 다녀야지 굳게 다짐하며 게이트를 나왔지만, 공항은

* 나쓰메 소세키, 권남희 옮김, 『도련님』, 책만드는집, 2015

너무 작아서 헤맬 데도 없었다. 게다가 자원봉사자가 반갑게 맞이하며 공항버스 타는 곳까지 데려다주기까지 했다. 아, 따스한 인정. 이것은 마쓰야마 2박 3일 내내 계속 된 따스함이었다.

버스가 출발하자, 단체로 온 곳이 있는지 인솔자 한 분이 마이크를 들고 관광 안내를 했다. 인솔자 설명을 들으며 여행한 적이 없어서 득템한 기분이었다. 마쓰야마에서는 '타이메시(도미밥)'가 유명하다고 꼭 먹어 보라고 한다. 즉시 검색해 보았다. 솥밥에 도미가 통째로 올려 있는 타이메시. 으음……. 나는 새로운 음식에 도전하는 걸 기피하고, 정하는 새로운 음식 먹는 걸 좋아한다. 우리는 과연 이 새로운 음식을 먹게 될까.

캄캄해졌을 무렵에야 호텔에 도착했다. 버스가 어둑한 산속으로 굽이굽이 올라가서 좀 무서웠다. 이렇게 외곽에 있기 때문에 특가인 것이다. 그러나 도쿄에 여행 갈 때는 생각지도 못할 시설 좋은 호텔이었다. 심지어 저녁은 해산물 뷔페. 자원봉사자의 친절함과 무료 버스 때문에 공항에서

부터 신났던 우리는 저녁을 먹으면서 더 신났다. 저녁을 먹고 온천을 하고 나와서 병 우유를 마시며 신남은 절정에 이르러 아, 이게 행복이구나, 했다. 이번 여행은 완전히 성공이라고 자축했다. 너무 이른 자축이었다.

이틀째 날에는 그 유명한 도고온천에 갔다. 일본에서 가장 오래된 온천으로 3천 년의 역사를 자랑하는 곳이다. 그러나 마쓰야마 여행에 서서히 먹구름이 드리우기 시작한 것은 이때부터가 아니었나 싶다. 역사 깊은 본관의 외관은 멋있었지만, 내부는 그 오랜 역사만큼 낡고 좁았다. 게다가 동네 사람들로 복닥복닥. 옛날 시골에서 하던 우리 집 목욕탕 같다. 널널한 곳에서 조용하고 여유롭게 즐기는 온천을 생각했다가 당황. 수건, 비누, 샴푸 등등 목욕용품도 모두 유료여서 더욱 당황했다. 사전 정보가 있었더라면 좋았을걸.

여행 오기 전에 가장 기대했던 도고온천이어서 실망은 이루 말할 수가 없었다. 잠시 분위기 싸해졌으나, 온천을 나와서 맛있는 점심을 먹고 기념품도 잔뜩 사고 쇼핑도 하며(안

하기로 했잖아) 다시 즐거워졌다. 탈의실에서 만난 꼬부랑 할머니가 내게 어디서 왔냐고 묻더니, 한국에서 온 걸 알고 진심으로 놀라고 감탄하는 모습이 정겨웠다. 아마 옛날 우리집 목욕탕에 온 노인들도 그렇게 생각했을 것 같다.

마쓰야마는 풍광이 아름답고 도시 전체가 평온하여 시간이 느긋하게 흐르는 느낌이었다. 사람들은 길을 물으면 최선을 다해 가르쳐 주었다. 관광객 대할 때의 매뉴얼이나 집집마다 관공서에서 나누어 준 친절 가이드북이 있는 건가 싶을 정도로 누구한테 물어도 친절했다. 노면 전철표 파는 곳에서 마쓰야마의 명물인 도련님 열차표 파는 곳을 물어보았더니 직원이 굳이 창구에서 나와서 도련님 열차표 파는 곳까지 데려다 주었다. 서 있는 버스의 운전사에게 우리 행선지 버스 타는 곳을 물어보았더니, 운전석에서 일어나 이쪽으로 와서 창밖으로 몸을 내밀고 타는 곳을 가르쳐 주었다. 환경미화원 할아버지에게 길을 물었는데 내가 사투리를 잘 알아듣지 못하자 들고 있던 빗자루로 바닥에 그려가며 몇 번이고 설명해 주었다. 내가 또 둘째가라면 서러운 길치여서 서울에서나 도쿄에서나 오사카에서나 길을 자주 묻지만, 마쓰야마 사람들처럼 친절히 길을 가르쳐 주는 사람들은 처음 보았다.

사흘째 되는 마지막 날에는 일찍 일어나서 로프웨이를 타고 마쓰야마성에 올라갔다. 기념품 가게에서 기념품을 살 때만 해도 성공적인 여행이었다고 즐거워했다.

그런데 두둥. 문제가 생겼다. 안 하기로 한 쇼핑을 했으니 문제가 생기지 않을 수 없다. 현금 고갈. 점심 먹으러 식당에 가서야 돈이 얼마 남지 않은 걸 알았다. 등에 식은땀이 흘렀다. 여행 온 이후 줄곧 화기애애했던 모녀의 분위기가 냉랭해졌다. 인솔자가 말한 타이메시를 사 먹기에는 돈이 부족하다. 새로운 음식에 도전하지 못하는 나는 돈가스를 시켰고, 새로운 음식을 먹고 싶어 했던 정하도 돈가스를 시켰다. 돈가스 값밖에 남지 않은 것이다. 여기까지 와서 어디서나 먹을 수 있는 돈가스를 먹어야 하냐고 정하는 볼멘소리를 했다. 역시 지갑에 돈이 없으면 싸움이 난다. 식당에서는 카드가 되지 않았다. 주인도, 점원도 70~80대 노인이고 오래되고 작은 식당이어서(가기 전에 블로그에서 찾은

맛집이었다) 카드가 되지 않아도 이해했다. 디저트는 카드로 맛있는 것을 사먹자며 애를 달랬다.

"역시 본토에서 먹는 돈가스가 맛있네" 하며 먹었지만 오싹하고 싸한 분위기 속에서 맛있을 리가. 허탈한 식사를 하고 나와서 상점가를 구경하다 전 재산인 남은 동전으로 스티커 사진을 찍으며 분위기를 만회한 뒤 유명한 디저트 가게에 들어갔다. 결정을 잘 못하는 모녀, 한참 고르고 났더니 카드 사용 불가란다. 전국 체인점인데 어떻게 카드가 안 될까. 몇 군데 더 가 보았지만, 모두 카드 사용 불가. 유일하게 불쌍한 모녀를 구제해 준 곳은 스타벅스였다.

공항 가는 버스는 무료 버스표가 있으니 그냥 타면 된다. 공항에 가면 카드를 쓸 수 있다. 이제 현금이 없어도 된다. 안도했지만 한번 꼬인 여행은 계속 꼬였다. 공항버스를 잘못 탄 것이다. 같은 자리에서 10분 간격으로 유료 버스와 무료 버스가 서는 줄 누가 알았겠는가. 버스가 출발한 뒤에야 잘못 탔음을 알고 다시 식은땀이 쫙. 이번 여행 공포 체험인가. 운전사에게 가서 한참 사정을 설명했더니 그냥 타라고 했다. 창피하니까 조그맣게 말한다고 했는데 정하가 다 들렸다고 한다. 아, 볼륨 조절 안 되는 내 목소리. 스타벅스에서 간신히 살린 분위기는 차 안에서 다시 급냉했다. 무슨 황태 만드는 것도 아니고. 공항에 도착해서도 정하는 내내 부어 있었다. 어리바리한 엄마한테 짜증났을 거다. 엄마 입장에서 보면 여행에서 일어나는 돌발사고를 즐거운 경험으로 받아들이지 못하는 딸이 짜증났다. 서로 한마디도 나누지 않고 출발 시간을 기다리는데 하필 비행기까지 문제가 생겼다며 한 시간 반 늦게 출발했다. 평화로운 마쓰야마에 최악의 침묵이 흘렀다. 침묵은 인천공항에서도 계속되었고, 집에 와서도 며칠 이어졌다. 그리고 그 후로 우리는 아무도 마쓰야마 얘기를 꺼내지 않았다. 온천도 좋고, 공기도 맑고, 아름답고 훈훈한 곳이었는데, 객지에서 처음으로 거지 체험을 한 탓에 본능적으로 기억을 떠올리기 싫었던 모양이다.

이 글을 쓰며 "마쓰야마 갔을 때 네가 짜증냈던 거 생각나?" 물었더니 "마쓰야마 완전 까맣게 잊고 있었네. 내가 그

때는 철이 없어서 그랬지. 이제 안 그래" 하고 본인의 잘못을 시인했다. 경비를 제대로 관리하지 못한 나도 잘못이긴 했다. 마쓰야마는 아무 잘못도 없이 우리 모녀에게 최악의 여행지로 남아 버렸다.

미안, 마쓰야마.

더 늙기 전에 한 곳이라도

3박 4일 미만의 일본 여행 정도는 열심히 일한 나를 위해 포상으로 해마다 한 번씩 다녀왔지만, 유럽 여행은 꿈도 꿔 본 적이 없다. 기본적으로 나는 연중무휴로 일하는 프리랜서이고, 경제적으로도 언어적으로도 부담스럽다. 무엇보다 날마다 마감에 쫓기는 현실에서 장기+원거리 여행은 언감생심이었다.

그런데 마스다 미리의 『마음이 급해졌어, 아름다운 것을 모두 보고 싶어』*를 번역하며 그 군은 마음이 동했다. 제목이 곧 주제로, 싱글인 마스다 미리가 더 늙기 전에 한 곳이라도 더 여행을 다녀오고 싶다는 일념으로 혼자서 용감하고 씩씩하게 패키지투어를 다닌 이야기다. 패키지투어의 장단점과 패키지투어를 즐기는 요령, 준비물, 쇼핑 목록 등을 알차게 설명해 놓았다. 이 책을 번역하며 패키지투어에 가진 선입견이 깨졌다. 패키지투어는 시간에 쫓기며 점만 찍고 다닐 뿐 즐기지도 못하고, 단체로 다니니 불편하고, 아침 일찍 일어나서 여기저기 끌려다니느라 고생하고, 장시간 버스를 타야 하고, 난 이런 건 절대 못 한다. ……라고 생각했는데 '패키지투어성애자'가 된 마스다 미리의 여행기를 읽으니 생각보다 편하고 즐거워 보였다. 여행은 무조건 자유 여행이어야 한다고 생각했고, 그래서 서양 언어가 되지 않는 나는 더 엄두를 내지 못했는데, 이런 거라면 한 번쯤 가 봐도 되겠는데? 마스다 미리의 '더 늙기 전에 한 곳이라

* 마스다 미리, 권남희 옮김, 『마음이 급해졌어, 아름다운 것을 모두 보고 싶어』, 이봄, 2018

도' 하는 다급함이랄까, 절박함은 동세대인 내게도 다급하고 절박한 일이었다. 지금도 다리가 부실한데 나이 들면 어디 다니지도 못하는 것 아닐까. 보통 여행을 못 가는 이유로 "시간이 있으면 돈이 없고, 돈이 있으면 시간이 없고"라고 하지만, 이제 시간이 있고 돈이 있어도 몸이 따라 주지 않아서 못 가는 날이 머잖았다. 나도 더 나이 들기 전에 어디라도 가보고 싶다!

여행은 타이밍

그런 생각을 할 무렵에 대학 친구인 정미와 후배 은주를 오랜만에 만났다. 정미가 패키지투어에서 만나 인연을 맺은 분에게 소개받았다는 양평의 멋진 식당에서 식사를 하고 예쁜 카페에서 수다를 떨다 슬슬 이야깃거리도 떨어지고 집에 가자 싶을 때쯤, 정미가 이런 말을 했다.

"우리 여행계 모아서 동유럽 여행 가지 않을래? 동유럽 여행 상품 싸더라."

예전의 나 같으면 "허허허허(무슨 현실감 없는 소리를)" 하고 웃어넘겼을 텐데 인생은 타이밍. 위에 언급한 마스다 미리의 책을 번역한 지 얼마 되지 않아서 패키지투어에 호감지

수 만땅이고 '더 늙기 전에'라는 다급함에 마음이 동했다. 돌아오는 길에 미래의 내가 고생을 하든 말든 지르자! 하고 여행 적금 시작하자며 입금을 했다.

50이 넘은 뒤로 세월은 어찌나 빨리 가는지 금세 1년이 지났고, 여행 적금은 만기가 됐다. 그리고 어떤 동유럽 상품을 고를지 단톡방에서 의논했다. 서양 여행을 처음 가는 나는 기왕 가는 길에 여러 개국을 가고 싶었으나, 많이 가 본 정미와 은주는 여러 개국을 가면 버스에서 보내는 시간이 대부분이니 한두 나라를 택해서 여유롭게 둘러보는 게 좋겠다고 했다. 그래서 선택한 상품은 체코+폴란드. 3명만 더 모객하면 출발 확정 상품이어서 골랐더니 예약할 때 담당자가 이렇게 말했다.

"사실 예약자 수는 가짜였다. 예약한 사람은 당신들밖에 없다."

아하, 이 동네 시스템이 이렇구나 싶었지만, 그래도 앞으로 예약하는 사람 있겠지 하고 기다렸다. 그러나 한 달 동안 한 명도 없었다. 예약 취소. 체코+폴란드 상품은 어느 여행사에도 없어서 헝가리, 오스트리아, 체코 3국 상품으로 바꾸었다. 이것도 예약자 수를 보고 출발 가능성 높아서 예약했지만, 그 또한 허구의 숫자였는지 모객이 되지 않아서 불발. 3국 상품도 흔치 않아서 그다음은 헝가리, 오스트리아, 체코, 폴란드 4개국 상품을 예약했다. 가장 마음에 드는 상품이었지만 역시나 불발. 대부분 여행사가 모객 수를 속여서 올리는 것이었다. 이 상품은 우리가 예약할 당시에 출발 확정이었다. 그러나 출발일을 8일 남겨 두었을 때에야 5인이 갑자기 빠졌다는 둥 거짓말을 하며 다른 날짜로 바꿀 것을 제안했다.

결국 출발 일주일 전, 원래 여행 가기로 한 날 출발 확정된 상품으로 '아무거나' 결제했다. 어딜 가는지가 중요한 게 아니라 누구와 가는지가 중요하다며. 독일이 들어간 상품은 애초에 배제했는데 독일이 들어가고, 여러 개국 싫다고 했는데 '독오슬헝체 5개국'이 되고, 7박 8일 예정이었는데 10박 11일. 그런데 김빠지는 게 아니라 묘하게 기대가 됐다. 수많은 검색과 수차례의 예약과 취소를 거듭한 끝에 만나게 되는 이 여행은 과연 어떤 여행이 될까, 어떤 패키지

팀원을 만나게 될까. 결제를 하고 나니 그제야 여행에 대한 설렘이 시작되었다. 사실 두 달 동안 검색과 예약과 취소를 반복하다 보니 가기도 전에 지치는 기분이어서 누군가가 먼저 여행을 취소하자고 했으면 좋겠다고 생각했는데 말이다. 출발이 며칠 남았지만 짐도 다 쌌다. 이제 가기만 하면 된다. 설마 돈까지 냈는데 번복되는 일은 없겠지 하고 떠날 날을 기다리는데, 역시 비행기가 뜰 때까지 안심할 수 없는 게 여행이었다. 은주가 허리디스크로 여행을 포기하는 사태 발생! 같이 늙어가는 처지에 맞먹어도 될 텐데, 한 학번 선배라고 한결같이 예의 바른 은주가 어떡하든 분위기 깨지 않으려고 열심히 치료받으며 애쓰다 며칠 남기고 끝내 포기한 것이다. 너무 미안하고 안타까웠지만, 여행을 며칠 앞두고 취소할 수는 없어서 정미와 둘이 떠나기로 했다. 정미는 사람 사이에 벽 쌓기 좋아하는 내가 34년째 벽 대신 우정을 쌓아 온 친구다. 어쩌다 보니 처음 가는 장거리 여행이 절친과 단둘이 가는 우정 여행이 되었다.

곁을 내어 준다는 것

우리가 11시간 50분을 날아서 내린 곳은 독오슬헝체와 무관한 이탈리아의 베네치아 공항이었다. 그리고 3시간 30분을 버스로 달려간 그날 숙소 역시 독오슬헝체와 무관한 슬로베니아의 시골 마을에 있는 산장 같은 곳이었다. 에어컨도 없는데 말똥, 소똥 냄새에 창문을 열 수 없었다(8월 마지막 주였다). 중학교 수학여행도 아니고 살 만큼 사는 어른들인데 너무하네 싶었지만, 우리가 낸 가격만큼의 대우를 하는 거라고 생각했다. 오기 전에 이미 숙소와 음식을 기대하지 말라는 동유럽 패키지투어 후기를 읽고 또 읽어서 어떤 환경이든 적응할 자세 만만이었다. 엘리베이터 없는 숙소도 많다던데, 수동식이었지만 엘리베이터가 있는 것만도 감사한 일이다. 휴게소에서 사 온 슬로베니아 맥주를 저녁 대신 마시는데 왜 그렇게 맛있는지. 정미와 나는 성격도 취향도 사고방식도 모든 게 180도 다르다. 정미는 깊이 있고 진중한 분위기이고, 나는 철없는 푼수 분위기라고 하면 적확한 표현일까. 그런 우리의 몇 안 되는 공통점은 술을 좋아하는 것이었다. 곤드레가 되도록 마시는 술이 아니라, 낮에 만나면 커피보다 맥주를 선호하는 정도. 그리하여 슬로베니아 맥주를 시작으로 우리는 열흘 동안 점심과 저녁의 반주로, 밤에는 숙소에서 열심히 동유럽 맥주를 마셨다. 동유럽 맥주는 어째서 그렇게 싸고 맛있는지 반하고 또 반했다.

같이 간 투어 팀원은 우리 포함 16명, 베테랑급인 인솔자는 미혼 여성이었다. 아침에 버스를 타면 그녀는 마이크를 들고 나직하게 신세타령을 하고, 팀원들은 자장가 소리 삼아 잤다. 열흘이 지나 돌아올 무렵쯤 "여러분은 제가 마이크 들면 주무시고, 마이크 끄면 일어나시더라고요"라고 해서 리액션 없는 팀원들이 처음으로 웃었다. 좀 활기 넘치는 인솔자였으면 좋았을걸 싶기도 했지만, 올 때쯤 되니 그녀의 가이드에 적응이 되어서 편안했다. 친절하지도 상냥하지도 않아서 호응해야 한다는 마음의 부채를 주지 않았다. 역시 사람은 적절한 무심함과 적절한 거리가 가장 상대를 편하게 하는지도 모른다.

우리를 제외한 14명의 팀원은 60대 부부 3팀, 50대 세 자매 1팀, 자매+딸팀, 부자팀으로 구성되었다. 아래로는 18세에서 위로는 68세까지. 베네치아 공항에 내려서 처음 팀원을 만났을 때는 별로 인상이 좋지 않아서 갈 때까지 내 친구하고만 놀아야지 했는데, 첫인상으로 편견을 가지면 안 된다는 사실을 새삼 깨달았다. 너무 좋은 사람들이었다. 인천공항에서 해산할 때는 인사하다가 펑펑 울 것 같아서 뒤도 돌아보지 않고 나왔다. 처음에는 밥 먹을 때도 또래 사람들과 앉고 싶었지만, 나중에는 누구하고 합석해도 즐거웠다. 팀원들은 항상 약속 시간보다 일찍 모였다. 앞에서 언급한 마스다 미리 책에는 서로 앞자리 앉으려고 매일 일찍 나오기 경쟁을 했다는 얘기가 나오지만, 우리 팀은 처음 탔던 자리 그대로 끝날 때까지 타고 다녀서 경쟁도 없고, 식당에서 자리싸움도 없고 떠드는 사람도 없고 그저 조용조용. 식사 때 우리보다 높은 연배의 분들과 합석하면 맥주도 사 주시고, 동유럽에서 만나는 한국식 정이 반가웠다. 초반에 마음을 열지 못하고 보낸 시간들이 아쉬울 따름이었다. 다시 한 번 같이 여행 가고 싶은 팀원들이지만, 여행지의 인연은 여행지의 인연으로 끝이어서 연락처도 모른다.

동유럽 여행의 발견

여행하는 동안, 또 한 가지 발견한 정미와의 공통점은 친화력이 좋다는 것이었다. 우리는 대학 1학년 때 만났다. 정미는 요즘 말로 표현하자면 시크한 아이였다. 소리 내어 깔깔 웃거나 수다 떠는 모습을 별로 본 적이 없다. 그런가 하면 나는 수줍음을 많이 타는 아이였다. 4인 이하 있을 때면 수다를 잘 떨지만, 그 이상이 있으면 조용히 닥치고 있는 편이었다. 4인 이상과 같이 밥을 먹는 것도 불편해했다. 그랬던 우리가 34년 뒤 같이 패키지투어를 떠나 보니 친화력 끝내주는 무적의 아줌마가 되어 있었다. 18세에서 68세까지의 팀원 모두와 두루 친한 사람은 우리뿐이었다.

또 한 가지, 관광지는 주마간산으로 훑고 노천카페에 앉아 맥주나 마시며 분위기를 즐기는 걸 좋아하는 공통점도 있었다. 같은 50대인 세 자매 팀은 정반대였다. 그녀들은 마치 대학생 탐사팀 같았다. 한 군데라도 더 가 보고 더 체험하며 자유 시간을 알차게 보냈다. 우애도 부러웠지만, 그 열정과 체력이 더 부러웠다. 전혀 지친 기색도 없다. 아마 우리 둘 중 한 사람이 세 자매의 여행 스타일이었더라면 약간의 분열이 있지 않았을까. 두 사람 다 체력 저질이어서 다행이었다.

여행 파트너로서 최고의 덕목은 긍정적 마인드라고 생각한다. 집에 혼자 있을 때야 중2병이 울고 갈 부정적인 인간이더라도, 여행지에서는 자기뿐만 아니라 남의 여행도 망칠 수 있으므로 긍정적 마인드와 희생정신이랄까, 양보하는 정신을 장착해야 한다. 딸이 사춘기 시절 같이 여행 갈 때마다 '다음에 이 인간하고 또 여행을 오면 내가 성을 간다' 하고 치를 떨었던 것도 인간이 가장 부정적인 시기여서 힘들었던 탓이다.

친구와는 당연히 맞지 않는 부분도 있었다. 사소한 예로 친구는 제일 앞에 서서 가는 걸 좋아하는데, 나는 뒤에 가는 걸 좋아했다. 그래서 처음에는 같이 인솔자 뒤에 바짝 붙어 다니다가 여행이 익숙해졌을 무렵부터는 각자 성향대로 다녔다. 뒤에 느긋이 가는데 팀원 한 명이 "친구는 항상 제일 앞에 가네요" 하고 말을 걸었다. "네. 쟤는 학교 다닐 때도 항상 강의실 제일 앞에 앉았어요" 했더니 "역시 공부를 잘하셨구나"라고 했다. 50이 넘어도 공부 잘했던 아이는 표시가 나는구나. 친구는 썰 푸는 시험이면 형광펜, 스테이플러, 풀 등등의 도구를 갖고 오는 아이였다. 내가 한 장도 못 쓰고 헉헉거릴 때, 두 장씩 써서 철을 하고 형광펜으로 색칠까지 한다. 그런 완벽한 친구와 만사 2퍼센트 부족한 내가 같이 여행을 하고 있는 것이었다. 친구는 덜렁거리는 내가 여권을 잃어버릴까 봐 처음부터 달라고 해서 자기가 갖고 다녔다. 선견지명이 뛰어났다. 실제로 나는 오기 전날 지갑을 잃어버렸다.

초등학교 때 사회 시간에 1980년대가 되면 전국이 일일

생활권이 되어 서울에서 아침 먹고 부산에서 점심 먹는 날이 올 거라고 선생님이 미래과학소설 얘기하듯 말씀하셨다. 패키지투어를 하며 오랜만에 그때 들은 '일일생활권'이란 말이 생각났다. 하루에 두 나라를 가는 건 일도 아니었다. 슬로베니아에서 아침 먹고 독일에 들러서 베르히테스가덴의 소금광산을 관광하고 오스트리아의 잘츠부르크에서 점심을 먹기도 하고, 또 어느 날에는 체코에서 아침 먹고 슬로바키아에서 점심 먹고 독일에서 저녁을 먹었다. 전 유럽 일일생활권이었다. 패키지투어는 그렇게 이 나라 다녀왔다는 점만 찍고 다니는 것……이라는 말이 되기도 하지만. 그래도 이 상품은 자유 시간이 많아서 패키지투어의 빡빡함은 별로 느끼지 못한 편이다.

오스트리아에 가면 오스트리아에 반하고, 헝가리에 가면 헝가리에 반하고, 슬로바키아에 가면 슬로바키아에 반하고, 체코에 가면 체코에 반했다. 그래서 어느 나라가 제일 좋았냐는 질문을 받을 때면 고민했다. 생각 끝에 체코를 꼽았지만, 뒤로 갈수록 앞에 간 나라들을 잊어버린 탓일지도 모른다. 아마 역순으로 갔더라면 오스트리아라고 했을 수도 있다. 엄마와 아빠 중 누가 좋으냐고 물으면 '엄빠'라고 말하고 싶은 마음과 같다. 가는 나라마다 가는 도시마다 감탄이 절로 나왔다.

어느 나라에 가나 꼭 들리는 곳은 역시 성당이었다. 성당은 종교를 떠나 훌륭한 건축물이고 그 나라의 역사이고 예술품이다. 가는 곳마다 그 자태에 헉하는 소리가 절로 나온다. 그러나 10일 동안 계속 성당에 가다 보니 서서히 감탄사 대신 또 성당이야, 하는 중얼거림이 새어 나왔다. 주마간산으로 둘러본 탓에 돌아와서 사진을 보니 몇 군데 말고는 이름이 무엇인지 어느 나라 성당인지도 잘 모르겠다. 가장 기억에 남는 성당은 오스트리아의 잘츠부르크 대성당과 슈테판 대성당이다. 그 뒤로는 기억이 다 섞였다. 아마 여행객들이 우리나라에 관광 와서 사찰 순례를 한다면 비슷한 심경이지 않을까. 그 절이 그 절 같을 듯.

잘츠부르크 대성당은 모차르트가 세례식을 한 곳이고, 비엔나에 있는 슈테판 대성당은 모차르트의 장례식을 한 곳이라고 한다. 호엔잘츠부르크 성이 올려다 보이는 아름다운 쇼핑가인 게트라이데 거리에는 모차르트의 생가가 있었다. 오스트리아는 가는 곳마다 모차르트, 모차르트. 그리고 클림트, 클림트. 모차르트와 클림트는 죽어서도 영원히 오스트리아를 먹여 살리고 있는 훌륭한 조상이었다.

슈테판 대성당을 바라보며 코앞에 있는 광장 카페에서 대낮에 맥주를 마시는 현실이 감개무량했고, 인터넷에서만 보던 할슈타트를 직접 거니는 게 꿈 같았다. 세계 최초의 소금광산이 있었다는 할슈타트는 마을 전체가 세계유산에 등재된 곳답게 흐르는 물, 돌멩이 하나, 공기 한 움큼조차 그림 같이 예뻤다.

할슈타트에 간 것은 투어 사흘째였다. 그때 처음으로 팀원들에게 말을 건넸다. 팀원들의 신상도 서서히 공개되었다. 같이 온 사람과의 관계며 나이 정도였지만. 가기 전에는 절대 서로의 신상을 묻지도 말하지도 말아야지 생각했지만, 강호동 씨의 말처럼 '밥을 같이 먹으면 식구'가 되어서인지 서로의 나이 정도는 묻게 되었다. 우리가 딱 중간 나이였다.

처음 가 본 서양, 처음 가는 패키지투어여서 지구라도 들어 올릴 것처럼 텐션 업되었다가 중반쯤 지나니 좀 시들해졌다. 정하 생각도 나고 나무 생각도 나며 우울해졌다. 오랜만에 만나는 내 속의 어둠이었다.

그래, 나는 원래 어두운 인간이었지, 하는 사실을 몇십 년 만에 이국에서 자각했다. 마침 프라하로 가는 길이었는데, 마음속 어둠에 먹물을 붓듯이 비까지 내렸다. 유튜브로 전날 제주도에서 한 국카스텐 공연을 보는데, 공교롭게 제주도에도 체코의 고속도로에 내리는 비처럼 세찬 비가 내렸다.

하현우는 폭우를 맞으며 노래를 부르고 있었다. 이어폰으로 빗소리가 시원하게 들렸다. 체코의 비 내리는 풍경과 제주도의 빗소리라니. 환상이다. 우울하지만 너무나 행복한 시간이었다. 인솔자가 드라마 〈프라하의 연인〉을 틀어주었다. 그랬지. 저 드라마를 보고 프라하를 동경했지. 언젠가 한번 가 보면 좋겠다고 생각했지만 이렇게 오게 될 줄 몰랐네. 세상을 떠난 주인공 김주혁 씨를 보니 명치 끝에 뭉쳤던 어둠이 눈물이 되어 내렸다. 허망한 죽음을 볼 때마다 그래서 더 열심히 살아야 하나, 그러니 지금을 즐기며 대충

살아야 하나 갈등하게 된다. 그러나 일 잔뜩 미뤄 놓고 동유럽 여행을 간 나의 판단은 정답이었다고 생각한다.

다시 돌아온 내 자리

일본 이상을 가는 비행기는 타 본 적이 없어서 열두 시간을 어떻게 갈지 걱정이었다. 혹시 내 속에 잠재된 폐소 공포증이 나타나서 갑자기 목을 죄는 답답함을 느끼며 바다 위에서 내려 주세요! 하는 건 아닐까. 시내버스만 타도 멀미하는 체질인데 매일 장시간 버스를 어떻게 타고 다니지. 강아지 산책만 시켜도 퍼지는 체력인데 혼자 못 따라 다니다 일행을 놓치는 건 아닐까. 〈꽃보다 할배〉의 백일섭 님 역할은 따 논 당상. 음식은 또 어떡하지. 오로지 한식파인 내가 열흘이나 서양 음식을 먹고 살 수 있을까.

가기 전엔 머릿속이 품목도 다양한 걱정 백화점이었다.

그런데 막상 가 보니 비행기에선 기내식과 음료수를 챙겨 주는 대로 먹고 마시고 자고 친구와 수다 떨고 책 읽고 영화 보고 텔레비전 보고 하다 보니 열두 시간이 즐겁게 지나갔다. 동유럽의 버스는 너무나 쾌적해서 멀미는커녕 시간 나면 하려고 챙겨 간 번역까지 해도 멀쩡했다. 나중에 번역한 종이를 보니 인솔자가 재미있는 얘기한 것도 귀퉁이에 적어 놓았다. 여정 중 가장 즐거운 시간은 버스 타는 시간이었다 해도 과언이 아닐 정도로 장시간 버스 여행이 조금도 지루하지 않았다. 아무리 걸어도 체력이 거뜬했고(가기 전날까지 목 디스크로 정형외과 다닌 사람임), 음식도 의외로 먹을 만해서 잘 먹었다. 혹시나 한국 음식이 그리울까 봐 비상식으로 가지고 간 컵라면과 고추장은 현지 인솔자에게 주고 왔다. 한국에선 늘 위가 아파서 위장약이나 식도염약을 달고 살고, 안구 건조증이 심해서 인공 눈물을 넣어도 눈이 따가웠는데 그곳에서는 위통 한 번 없었고 안구 건조증도 생기지 않았다. 어디도 아픈 곳이 없었다. 심지어 열흘이나 여행한 마지막 날에 몸 컨디션이 가장 좋았을 정도다. 삼시세끼 잘 먹고, 잘 자고, 많이 걷고, 햇볕을 많이 쬐고, 노트북과 휴대전화 대신 파란 하늘과 푸른 나무를 많이 봐서 그랬던 것 같다. 집에 와서 며칠 지나니 다시 위가 아프고, 눈이 따갑고, 어깨가 쑤시고, 두통이 생긴다. 나를 반기는 익숙한 통증들과 함께 어중간하게 행복하고 불규칙한 생활이 시작되었다. 열심히 일해서 장거리 여행 또 가야지. 더 늙기 전에 부지런히.

/ 에필로그 /

귀찮지만
행복해 볼까

내 일상은 늘 그렇지만 바쁘면서도 무료하다. 메일 한 통, 카톡 한 줄 오지 않는 날도 있다. 전화는 싫어해서 잘 받지 않는다. '하루에도 엄청나게 많은 메일이 올 텐데' 하고 송구스러워하며 메일을 보내는 사람들이 있다. 그런 일은 없다. 많아 봐야 일과 관련된 메일 다섯 통 이하다. 태생이 집순이인데다 직업까지 마감, 마감하는 일이다 보니 인간관계 황폐하다. 외출 준비의 귀찮음보다 외로움이 낫지, 나쁜 일로 연락 오는 것보다 휴대전화 조용한 게 낫지, 즐겁고 신나는 일 없지만 심심했던 어제처럼 별일 없는 오늘이 낫지. 내일도 무료한 오늘과 같은 날이면 좋겠고, 다음 달도 밍숭

맹숭했던 이번 달과 같은 달이면 좋겠어. 이런 생각으로 하루를 보낸다. 어차피 내 성격이나 직업이 달라질 일은 없으니 집순이에게 최적화된 사고방식이다. 존재감 없던 어린 시절부터 나름의 생존 방식으로 굴려 온 행복회로인지도 모른다.

소소하게 블로그를 하고 있다. 어느 날 문득 사람들이 어떻게 이 깊은 산속 옹달샘 같은 블로그에 찾아올까 하고 유입 검색어를 보았다. 사람들이 찾아오지 못하게 대부분 검색 비허용이지만, 가끔 괜찮은 책이 있으면 이 정도의 책에 관심 갖는 사람이라면 내 블로그에 와도 괜찮아, 하는 생각으로 검색 허용을 한다. 그날 본 유입 검색어에는 '행복이란'이 있었다. 아마 그 무렵에 출간된 번역서가 그 말과 관련이 있었을 거다. '행복이란'을 검색하는 사람은 지금 행복해서일까, 행복하지 않아서일까. '행복이란' 무엇인지 조사해 오라는 숙제가 있었을까. 내 블로그에 와 봐야 그 물음의 답은 찾지 못할 텐데, 낚이셨네.

그러고 보니 블로그 안부 게시판에 "참 행복해 보이셔요"라는 말이 자주 올라온다. 불행하지야 않지만 그렇게 부러워할 만큼 행복하지도 않다. 아무리 좋아하는 일이라지만, 종일 집에서 번역만 하는데 뭐 그리 행복하겠나. 아마도 구질구질한 고민을 즐거운 비명처럼 표현하는 내 글발에 속은 것 같다.

하루는 정하가 우울한 얼굴로 "다른 사람 다 행복해 보이는데 나만 행복하지 않은 것 같아"라고 했다. 살아오면서 이런 생각을 해 보지 않은 사람은 없을 거다. 특히 앞날이 막막한 20대 때에는. 나도 20대 때에는 주기도문 외우듯이 속으로 되뇌었던 말이다. 그래서 딸이 행복하지 않다고 하는데 대수롭잖게 말했다.

"다른 사람들한테는 너도 행복해 보여. 원래 남들은 행복해 보이는 거야."

그러나 알고 보면 남들도 행복하지 않다. 인생이 조증도 아니고 어떻게 행복하기만 하겠는가. 서로 행복한 시기가 다를 뿐이다. 자기가 행복할 땐 남을 보지 않아서 서로 엇갈릴 뿐이다. 이 글을 쓰다 네이버에서 '행복이란'을 검색해 보니 '행복은 인생의 궁극적인 목표'라고 한다. 뭐야, 언제부터 인생에 그런 목표가 있어야 했던 거야. 그럼 지금부터라도 행복해 볼까. 아, 귀찮은데.

번역가 권남희 에세이집

귀찮지만 행복해 볼까

초판 1쇄 2020년 3월 2일
초판 4쇄 2022년 5월 1일

지은이 권남희

발행인 유철상
기획 이정은
책임편집 한귀숙
편집 정은영, 박다정, 정유진
디자인 주인지
마케팅 조종삼, 윤소담
콘텐츠 강한나

펴낸곳 상상출판
출판등록 2009년 9월 22일(제305-2010-02호)
주소 서울특별시 성동구 뚝섬로17가길 48, 성수에이원센터 1205호(성수동2가)
전화 02-963-9891
팩스 02-963-9892
전자우편 sangsang9892@gmail.com
홈페이지 www.esangsang.co.kr
블로그 blog.naver.com/sangsang_pub
인쇄 다라니
종이 ㈜월드페이퍼

ISBN 979-11-89856-84-7 (03810)